SV

# Angela Krauß
# Weggeküßt

Suhrkamp Verlag

Die Autorin dankt
dem Deutschen Literaturfonds e.V.
für die Förderung ihrer Arbeit
sowie dem Sächsischen Staatsministerium
für Wissenschaft und Kunst.

Erste Auflage 2002

Satz: Libro, Kriftel
Druck: sachsendruck GmbH, Plauen
Printed in Germany

1 2 3 4 5 6 – 07 06 05 04 03 02

Weggeküßt

# I

Kürzlich wachte ich auf und merkte, noch im Liegen, daß etwas geschehen war. Vorsichtig, ohne mich zu rühren, tastete ich mit halbgeschlossenen Augen meine Umgebung ab.
Sie war verändert. Allerdings befand sich alles noch am selben Platz, so wie ich es gegen Mitternacht verlassen hatte. Vertiko, Spiegel, der Stuhl mit den Kleidern standen wie gewohnt um mein Bett herum.
Nur schaute keines mich mehr an.
Solange ich denken kann, erwache ich morgens in eine Welt, die auf mich wartet. Die Tiere rufen und schreien. Der Schrank, verschlossen und beherrscht, wartet auf mich. Der Stuhl steht mit vor Ungeduld vibrierenden Beinen da, der Spiegel hat die Augen aufwärts gedreht, ich sehe nur das Weiße, ehe er gleich, ein Blick von mir genügt, das Bewußtsein wiedererlangt. Die Wäsche, die Strümpfe, die Kleider warten auf mich, die ich ihr Inhalt bin.
Und plötzlich, von heut auf morgen, hatten sie damit aufgehört.
Ich blickte mit halbgeschlossenen Augen immer wieder von einem zum andern. Unverwandte Erscheinungen, die bestenfalls Gegenstände genannt werden konnten, ebensogut auf dem Kopf stehen oder sich jeden Moment zu anderen, beliebigen Molekülketten formieren.

Ich setzte mich lange diesem unvertrauten Zustand aus. Ohne Ergebnis.

Ich kann mich nicht beklagen.
Auf dem kurzen Weg zum Frühstück bei Sweetie lacht man mir schon entgegen und will mich küssen. Ich kann noch nicht reagieren, ich brauche eine gewisse Zeit am Morgen, um zu begreifen, wo ich bin, und noch länger, um zu ahnen, warum. Selten reicht eine Tageslichtspanne für letzteres aus. Am längsten brauchte ich bisher für die Einsicht, daß an meiner morgendlichen Begriffsstutzigkeit nichts zu ändern ist. Neuerdings fällt das auf.
Jene, die mich vor neun Uhr küssen wollen, sind immer bereits hellwach, voller Wünsche. Sie belagern die Stadt an allen Zufahrtsstraßen. Sie sind nicht zu bremsen, siegessicher kommen sie mir entgegen, ich dagegen: noch benommen vor Ungewißheit. Sie lassen die Augen nicht von mir; ich kann mich wegdrehen, kaum drehe ich mich zurück, sind sie wieder da, voller Leidenschaft. Raucher übrigens, nicht mein Fall. Das stört sie nicht. Ich werde überall bemerkt, es mangelt nicht an Zuwendung. Dem Menschen fehlt es nicht an Aufmerksamkeit für seine Person; er wird, kaum tritt er der Stadt- und Warenwelt entgegen, sofort weggeküßt.
Allen Ernstes: die Küsse erwecken mich.

Nicht jede ist so leicht zu haben wie ich.
Ich trete zum Frühstück aus dem Haus und will verführt werden.
Andere treten ins Freie und nehmen augenblicklich die asiatische Verteidigungsposition ein: tiefer Körperschwerpunkt, leichte Grätsche.
Ich strecke gewöhnlich Glieder und Haare erwartungsvoll in die Luft, auch auf unbekanntem Gebiet habe ich nichts Trennendes zu überwinden. Draußen ist die Welt, die auf mich wartet.
Meine Stunde war gekommen, als es fortan weder Ost noch West gab und das Ganze endlich wieder eine Kugel war, wie vor fünf Jahrhunderten vorausgesagt, also ohne Anfang und Ende. Da die Welt von Beginn an rund, ganz und grenzenlos war, müssen die Lebewesen ans Grenzenlose angepaßt sein. Ursprünglich sind wir fürs Grenzenlose gemacht, was lange in Vergessenheit geraten sein muß. Von Natur aus sollten wir uns im Grenzenlosen bewegen wie die Vögel in der Luft und uns fühlen wie die Fische im Wasser.
Die Fische! Lachen sie heimlich, während sie dahintreibend die Weltmeere wechseln? Was zieht sie von da nach dort, wo sie doch überall hinkönnen? So wie ich. Gleiten sie einfach mit der Strömung, glücklich?
Diese sanfte gedankenverlorene Welle, die durch ihre Wirbelsäule läuft!

An Freunden herrscht kein Mangel, es sind immer mehr geworden in den letzten Jahren. Ein Zuwachs an Leben, mit dem ich früher nie gerechnet hätte, grenzenlos auch er. Die vielen, die mir das Dasein zuspielt, ohne danach zu fragen, ob ich diesem Überfluß gewachsen bin.
Gleich heute früh: Eine vertraute Figur aus dem alltäglichen Leben stolperte mir entgegen, der Postbote. Diesen hier hatte ich aber noch nie gesehen, ein Junge, der in den Sommerferien Briefe austrägt, ein Junge von siebzehn, der in die Tasche mit den Zeitungen schaute und dann auf die Zeitungen in seinem Arm, während er sie ins Treppenhaus trug, und der mit dem Blick am Boden schnürte wie ein junger Hund, als er mit leeren Armen das Haus verließ, ohne mich anzuschauen.
Ich gab ihm den Namen Hubertus. Bisher habe ich alle Briefträger männlichen und weiblichen Geschlechts vom ersten Tag an mit Namen gekannt. Ich stelle mich ihnen vor, wenn sie mir zum ersten Mal begegnen, und frage sofort nach ihrem Namen. Außer wenn es sich, wie in den letzten Jahren häufig, um Aushilfskräfte handelt, die abgewandt ihren Postwagen vor sich herschieben. Aber selbst bei diesem Anblick kann ich eine solche Person selten unbenannt lassen. Sie erfährt nichts davon.
Dieser Junge hieß Hubertus, nach dem Nestor der Postzusteller, der noch am Ende seiner Laufbahn die kürzeste Verbindung zwischen zwei Punkten

geringschätzte und seine Ziele in weiten, geschwungenen Bögen erreichte, unablässig zählend, was ihn sicher ins Unendliche leiten sollte.

Wenn ich traumlos geschlafen habe, erfüllt mich für ein paar Stunden am Morgen wie einst die Neugier auf alles. Ich gerate dann für eine Weile, solange die Wegelagerer, die Verführer nicht zu mir vorgedrungen sind, wieder in den Zustand, in dem mir keiner verlorengeht und ich jeden, der mir begegnet, in mein Netz einwebe. In meinem Netz ist alles geborgen, was ich jemals begehrte, liebte, an mich zog und von mir stieß. Ich konnte sie immer körperlich spüren, die rastlos wechselnden Muster im Netz meines Verlangens, meiner Lieben und Vorbehalte. Es wuchs unaufhaltsam nach außen. Als wollte es die ganze Welt erobern.

Bei Sweetie ist es gewöhnlich voll. Oder scheint es nur so, weil ringsherum ein Spiegelfries läuft, dem sich nähert, wer sich mit seinem Tablett vorsichtig auf einen der Hocker schiebt. Dann schauen sie auf und sich selbst in die Augen. Mit dem Ausdruck einer alten stillen Vereinbarung, die eine knappe Prüfung enthält, ob die Vereinbarung noch gilt.
Dann wenden sie sich der Zeitung zu, die noch klebrig ist.
Ich mustere mich kurz, blicke aber schnell woanders hin. Es gab eine Vereinbarung, ich weiß es,

doch sie galt einer anderen Frau. Einer, die ich um jeden Preis hätte sein wollen, wenn ich sie nicht schon gewesen wäre. Im Moment sehe ich dieser Frau nicht ähnlich.
Ich versuche in der Zeitung meines Nachbarn zu lesen.
Es interessiert mich nicht, was sich hier oder sonstwo auf der Welt ereignet hat. Jahrelang habe ich meine Sammlung der Ereignisse gepflegt und erweitert, neuerdings gelingt mir das nicht mehr, ich komme nicht mehr nach.
Wenigstens will ich mich dafür interessieren, wer das ist, der in diesem Moment neben mir liest, was sich ereignet. Ich gehe systematisch vor, fange bei meinem nächsten Nachbarn an, von dem ich noch keine Vorstellung habe. Mein Nachbar bleibt, wie jeder andere Mensch in diesem Lokal, im Niemandsland verloren, wenn ich ihn mir nicht zum Leben erwecke.
Ich konzentriere mich ganz auf die Zeitungsseite, die ich im spitzen Winkel einsehen muß, um nicht indiskret zu wirken. Ich verwende den Blick ins Leere im Umkreis des Objekts, um es ab und zu blitzschnell ins Visier zu nehmen. Mehr als die Überschrift samt Unterzeilen zu lesen, gelingt meist nicht, reicht aber aus, meine Erwartung an den unbekannten Leser derart zu steigern, daß ich in einen Zustand gerate, der einmal mein Normalzustand war. So starre ich ins Leere, lese im Leeren

und lasse meine Neugier auf diesen x-beliebigen Menschen langsam wachsen.
Ich gebe nicht einfach her, was einmal meine Stärke gewesen ist. Ich gebe nicht auf.

Was tust du eigentlich hier? frage ich mich fünf Minuten später. Sogleich beneide ich alle anderen. Alle anderen sind glücklich. Ich fühle durch den Stoff seines Anzugs hindurch, über einen Meter Entfernung hinweg, daß er glücklich ist, mein Nachbar. Er riecht nach den Düften, die man auf weißen Papierstreifen in den Eingangszonen aller Kaufhäuser probieren kann. Ihm kann nichts mangeln. Er riecht nach einem ganzen Strauß dieser kleinen weißen Streifen. Er ist ganz und gar glücklich; ich will ihn überhaupt nicht mehr kennenlernen. Ich weiß schon wie er aussieht: gut. Mehr ist zu ihm nicht zu sagen: er sieht gut aus. Er könnte in der Zeitung abgebildet sein, die er in der Hand hält. Das häufige Angeschautwerden aus Zeitungen läßt einen mit der Zeit die Vorlieben verlieren, eine Art Immunität ergreift vom Angeschauten Besitz, die von lebendigen Anschauungsobjekten mühsam wieder aufgehoben werden muß. Vermutlich schafft er das nicht. Er sieht gut aus, mehr will niemand über ihn wissen. Auch ich nicht. Meine eigene Gestalt erscheint mir unscharf, sie ähnelt der in einem Spiegel, über den pausenlos Wasser rinnt. Auch ich sehe gut aus. So weit so gut.

Mein Nachbar hält mir seine Zeitung hin.
Macht nichts, sagt er und lächelt mich an.

Okay, Okay, höre ich mich reden, ich habe neulich neben einem Mann gesessen, der war riesengroß, ein Paket von Mann, ein Schwergewicht, er paßte kaum in den Sitz neben mir, er war darin eingeklemmt, verstehen Sie?
Mein Nachbar nickt stumm.
Wenn er die Hände auf die Lehnen legte, um sich zu erheben, zog er gleich die ganze Maschine mit hoch, er kam aber nicht heraus aus dem Sitz, er hatte sanfte braune Augen, ich konnte sie nur nicht dauernd sehen, weil ich neben ihm saß, einmal hat er mir zugelacht, das war, als ich vor Angst aufgeschrien hatte. Er hat mir alles auf eine Serviette geschrieben, auf der Serviette ist auch die Zeichnung, ich habe die Serviette mit der Zeichnung in einem Briefumschlag. Sehen Sie, hier, sage ich und ziehe den Umschlag aus meiner Jackentasche. Mein Nachbar blickt kurz auf den Umschlag.
Sie müssen keine Angst haben, sage ich.
Wieso, fragt mein Nachbar.
Ich schiebe ihm den Umschlag hin.
Hier steht alles drin; außerdem kenne ich Leute, sie standen neulich auf dem Marktplatz von Decin, leider habe ich mir ihre Namen nicht sagen lassen, es waren einfach so Leute, in Decin, es war an einem Nachmittag, und sie standen da herum, lei-

der namenlos. Nun weiß ich nicht, was ich mit ihnen anfangen soll, kennen Sie das? In Decin hab ich mal ein Nachthemd verloren, es war schwarz und liegt in einem kleinen Hotel am Marktplatz, das Zimmermädchen, Libuse, aschblond, trägt mein Nachthemd jetzt im dreizehnten Jahr, das ist alles. Kennen Sie Decin? Es gibt Städte, die trägt der Wind ab, zuerst fliegen jahrelang alte Reklamezettel durch die Luft, Verwirrung und Verlassenheit greifen um sich, dann werden die Menschen weniger, das herumfliegende Papier wird immer mehr. In Boston hab ich nur drei Jahre später ein Nachthemd gekauft, nachts, bei strömendem Regen, das wäre drei Jahre früher undenkbar gewesen, in Boston regnete es drei Tage und drei Nächte, die Parfümerien funkelten wie Städte bei nächtlichem Überflug, und in Decin lagen die Einjährigen blaß wie böhmische Semmeln in ihren Kinderwagen und trugen goldene Ringe in den Ohren.

Hören Sie, sage ich, ich bin in Boston die ganze Nacht einkaufen gewesen, es regnete ja; hätte es nicht geregnet, wäre es mir vielleicht nicht aufgefallen, daß man die ganze Nacht in überdachten erleuchteten Städten alles tun kann, auch bei schönem Wetter natürlich und auch am Tage natürlich, zu jeder Zeit und unter allen Umständen kann der Mensch alles tun, wozu er Lust hat. Wenn er Lust hat, kann er alles tun, es fehlt an nichts, Tag und Nacht, bei jedem Wetter. Wenn er keine Lust hat, kann er nichts tun, gar nichts, sage ich, haben Sie mich verstanden? Wer keine Lust hat, kann gar nichts tun.

Mein Nachbar sieht vor sich hin.

Aber ich habe alles schriftlich, wir haben uns nur einmal richtig angesehen, er hat mich angelacht und dabei hat er es gesagt, nachdem ich aufgeschrien hatte, wir überquerten gerade Florida: Keine Angst!

Ich unterbreche mich.

Entschuldigen Sie, sage ich, ich habe versucht, mich brennend für Sie zu interessieren, sagen Sie mir doch, was ich tun kann, um mein Interesse für Sie zu entfachen, ich verstehe mich darauf, ich habe das mit der Muttermilch –

Da! Er verschwindet durch die Drehtür nach draußen.

# II

Wenn ich aus der Tür trete, steht auf der anderen Straßenseite ein graues, pfeilförmiges Blechschild mit drei Buchstaben: Zoo. Es wurde vor einem halben Jahrhundert angebracht oder früher, es steht ganz verloren da auf einer viel zu dicken Eisenstange und enthält keine weiteren Hinweise. Als verhieße der Besuch des Zoos Lebensumstände, die dem Menschen nicht erklärt werden müssen: Tiere stehen in Sandhäufchen, auf flachen Erdbuckeln, in Wasserlachen und schauen ihn an. Die meisten haben keinen oder einen langsamen Lidschlag. Das wirkt nachdenklich, es läßt vermuten, daß die Zeit ihnen lang vorkommt, die sie zum Nachdenken haben. Wenn sie etwas planen, wenn ihnen gerade etwas einfällt, was sie unternehmen könnten, dann zucken sie nicht mit der Wimper. Sie denken, daß sie unsterblich sind und brauchen dafür keine Gründe zu nennen.

Der Elcheber zum Beispiel, er lebt hinter dem Zaun zum Zoo in einem offenen Geviert. Auf dem Weg zum Frühstück gehe ich kurz auf die Zehenspitzen und sehe, wie er hinter einer halbhohen Mauer auf und ab marschiert. Er frißt Eicheln und Blätter. Sein Rücken ist schlank, erdfarben, ohne Haar und regelmäßig gewulstet, wie ein geschnürtes Fleischstück. Sein Kopf ist ebenfalls schlank mit einer tütenförmigen, rüsselartigen Schnauze. Sein ganzer Anblick läßt erschrecken. Ringsum die Goldfasane, die rosenfarbenen Flamingos, Papageien aus Honduras, und Fische fahren im Kreis wie auf buntbemalten Karussellen. Da auf einmal trottet der Elcheber von seinem Erdhaufen herunter, trocken, rissig, ledern, ein altes, zu fest verschnürtes Gepäckstück, etwas, das auf Gerümpelböden vergessen wurde, ein Sack aus Zeiten grassierender Not, etwas Abgegriffenes, fest Verschlossenes, eine vergessene eiserne Ration, und richtet zögernd seine wasserblauen Augen auf mich.

Er guckt immer nach oben, ohne den Kopf zu heben. Die Wirbelsäule eine Waagerechte bis in die Rüsselspitze, die helle Iris bis hinauf an den Lidrand gedreht. Er ist ewig, nicht einmal bewundert will er werden; seine Augen schwimmen fort.

Im Zoo wird es uns vorgeführt: wir werden erwartet.

Die Tiere stehen in ihren Gattern da und sehen uns entgegen. Wird ihnen Futter gebracht, fressen sie sofort, um gleich darauf wieder ihre wartende Haltung einzunehmen. Manche laufen vor kribbelnder Erwartung rastlos auf und ab, steigen ein Treppchen hinunter, drehen sich, und gleich wieder hinauf: der Brillenbär. Dick ist er und bietet doch einen Anblick der Rastlosigkeit, er eilt einer be-

stimmten Stelle zu, wo ihm jedesmal einfällt, daß er an einer anderen etwas vergessen hat, worauf er kehrtmacht, um es zu holen. Ist er am Ziel, fällt ihm ein, er hat dort, woher er kam, wieder etwas vergessen, was ihn veranlaßt, eiligst umzukehren. Wiederum am Ziel, erinnert er sich des Vergessenen am letzten Ausgangspunkt, er kehrt sofort um. Obwohl zwischen beiden Endpunkten seiner Vergeßlichkeit dieses Treppchen eingebaut ist, zeigt er keinerlei Merkmale von Erschöpfung.
So vertreibt sich der Brillenbär die Wartezeit.

Ich besuche die Tiere mindestens einmal im Jahr. Mir ist aufgefallen: immer dann, wenn ich etwas nicht verstehen kann. Kaum könnte ich formulieren, was es ist. Einmal im Jahr verliere ich gewisse Zusammenhänge. So werde ich daran erinnert, daß etwas nicht stimmt. In den achtziger Jahren kehrte es hartnäckig als Aufgabe wieder, in den Neunzigern hat es zugenommen, und seit dem Großen Jahreswechsel tritt es immer häufiger auf.
Anfangs fühle ich mich verständnislos einem harmlosen Sachverhalt gegenüber. Unternehme ich nichts dagegen, so erfaßt dieses Gefühl der Verständnislosigkeit das der Sache am nächsten gelegene Lebensfeld, dann das übernächste und bald mein ganzes Leben. Ich verstehe dann überhaupt nichts mehr. Ich habe den Punkt der allumfassenden und tiefen Verständnislosigkeit erreicht. Tau-

melnd trete ich unter den Torbogen des Zoologischen Gartens, über dem ein imposantes Löwenhaupt prangt.
Bitte? ruft man mir über Mikrofon zu.
Ein Billet! erwidere ich schwach.
Normal? fragt es schallend.
Normal.
Im nächsten Moment brechen die kreischenden, schmetternden, schluchzenden, jubilierenden Stimmen der Fremde über mich herein.

Ich komme immer verstört hier an.
Doch was draußen ein Makel ist, löst sich gleich hinter der Kasse in Luft auf. Zwei, drei Schritte, und ich bin aus der Pflicht, die Welt zu verstehen, entlassen.
Wer hier drinnen versteht, ist Experte. Alle anderen wachsen zurück zum Kind. Wir wissen nicht sehr viel mehr von den exotischen Tieren, als uns einst im Bilderbuch aus Hartpappe gezeigt wurde.
Sie stehen, hocken und liegen da und schauen uns an.
Selten dürfen wir, seitdem wir erwachsen sind, etwas Fremdes so schamlos anschauen. Niemals erlaubten wir einem Fremden, uns so unverschämt zu betrachten.
Hier ist es anders: ich trete ein und beginne mit dem Schauen. Ich denke nichts. Ich habe keine Meinung. Meine sogenannten Erfahrungen, sie sind

mir abhanden gekommen. Stattdessen die Stimmen der Tiere, sehnsüchtig alle, hemmungslos, stark. Ein Rufen und Schreien. Nach wem? Nach was?
Ich weiß nicht, warum Tine mich verlassen hat. Einst waren wir unzertrennlich. Damals habe ich nicht über sie nachgedacht, auch nicht über mich. Wir beherrschten alles, Wiese, Wald, Garten, Mauer. Vielleicht habe ich überhaupt nicht nachgedacht.
Unzertrennlich waren wir.

Ich trete also vor so ein Tier hin.
Es erinnert sich nicht an mich. Es weiß nichts von mir, ich bin ihm vollkommen fremd. Ich bin ihm ebenso fremd wie die anderen, die sich vor ihm aufstellen, ich bin ihm nicht neu. Ich bin ein Mensch wie alle anderen für das Tier, das sich seinerseits für mich immerhin durch seine Art von den anderen Tieren abhebt. Für das Tier bin ich nur ein Mensch, fremd, aber nicht neu. Wäre ich ihm jemals neu gewesen, würde es sich wohl an mich erinnern. Aber ich bin ihm wie alle hier fremd und altbekannt. Ich muß nicht fürchten, daß seine Neugier mich trifft und mich in etwas verwickelt. Es hat mich in meinem Fremdsein einbalsamiert wie eine Mumie. Es will nichts von mir. Aber es wartet auf mich.

# III

Heute ist ein neuer Tag, zu schnell für meinen Geschmack. Ich suche nach der Zeitung von gestern, ich frage gleich heute morgen nach ihr. Nette steht im goldenen Schnitt hinter den Tortenvitrinen, wie ein Präsent in den Farben der vergangenen Saison.

Er hat sie mitgenommen, sagt sie unbewegt.

Sie sieht nicht aus wie eine Konditorin, aber ich habe ihr nie gesagt, daß ich weiß, wie so eine aussieht, wie sie riecht, wie ihre Finger sich unter die Papierrosette eines Mohrenkopfs schieben, zärtlich und sicher wie unter den zerbrechlichen Nacken eines Säuglings.

Nette hantiert in ihrem Spiegelkabinett, ohne sich selbst eines Blickes zu würdigen. Sie trägt ein Brillenmodell ohne Zuzahlung und spricht mit hoher Mädchenstimme.

Kanntest du ihn? frage ich.

Nie gesehen, ruft sie.

Würdest du ihn wiedererkennen?

Am Geruch würde ich ihn wiedererkennnen, gibt sie zurück, er roch wie alle.

Sie sortiert frische warme Spritzkuchen in die Vitrine, und ich merke, wie sich etwas in ihr formiert, das immer in halbschlafender Bereitschaft liegt: ihr Hochmut. Den sieht ihr niemand an. Er wird manchmal versehentlich wach, ohne Anlaß, zieht

sich aber dann gleich zurück, und was von der Attacke bleibt, ist ein dünner, drahtharter Mund, der lächelt.
Wir kennen uns schon über zehn Jahre, wir begegneten uns damals in dieser ersten neuen Kaffeebar weit und breit und richteten uns in der Zukunft ein, während draußen der Umbruch mit schwerem Gerät gerade begann.

Nette stand hinter dem Tresen, als ich sie das erste Mal sah, sie hatte sich ein deutliches Stück neben der Blickachse der Hereintretenden postiert, die so zuerst auf sich selbst treffen mußten. Ich dachte mir gleich, daß sie nicht vom Fach war. Die alte Besitzerin der Konditorei Goldschmitter hatte die Kunden stets wie in der Mitte ihres Wohnzimmers empfangen, die runden, manikürten Fingerspitzen auf die polierte Kuchentheke gestellt.
Nette wußte davon nichts, sie war durch die Stadt gestreunt auf der Suche nach einem neuen Anfang, sie war so lange herumgezogen, bis sie Licht sah. Das war, als man gerade die Halogenbeleuchtung über der neu eingezogenen Decke installierte. Sie hatte gefragt, wann sie es ausprobieren würden, man hatte ihr auf einer Liste unter der Rubrik Abnahme Lichtkonzept ein Datum gezeigt, und sie hatte sich eingefunden. Ich stelle mir vor, wie sie mit einem Ausdruck von Entrückung und Ergebenheit dort gestanden hat, denn ein paar Wochen

später habe ich sie kennengelernt, an ihrem ersten Arbeitstag bei Sweetie, mit ebendiesem Ausdruck und links hinter den Patisserien, wo sie wartete, daß man sie ansprach.

Nicht nur die Spiegelbar, die das Halogenlicht in den alten Wandnischen hinter den Säulen mit sechseckigem Grundriß bricht und reflektiert, hatte auch mich damals magisch angezogen. Es verlangte mich nach Süßem, nach dem Anschauen und Verspeisen von Süßem aller Art. Die beleuchteten Schokoladenherzen, Trüffelschnecken, Mandelhörnchen, Nougattütchen, Sahnehäufchen. Ich ging zum Frühstück aus dem Haus, ich übte einen neuen Alltag ein, voller glänzender, süßer, leicht schmelzender Zärtlichkeiten. Ein Blick in den Spiegel, und mein Herz schlug entschlossener beim Anblick der Frau, die in dieser leuchtenden Welt offenbar bereits zu Hause war.
Heute reicht mir nichts Süßes mehr, ich brauche Fett.
Damals achtete ich wenig auf Nette. Mit dem Kassengestell und ihren andächtigen Hantierungen störte sie die Inszenierung meines neuen Lebens eher.

Ich machte Eroberungen, leicht, allein mit einem Blick in die Runde. Mein schwankendes Glück hatte sich zusammen mit den Verhältnissen aufgelöst.

Und als das Grenzenlose des Lebens zutage trat, schien alles in mir nur darauf gewartet zu haben und war bereit. Als hätte sie sich nur schlafend gestellt, erwachte meine Lust am Spiel, wann immer ich mich dem künstlichen Licht aussetzte. Ich streunte nicht durch die Stadt wie Nette, die mir davon zu erzählen versuchte, als sei sie aus einem Alptraum aufgewacht. Ich vergaß die Stadt um mich herum wie alles, was außerhalb des Lichtkegels lag. Ich spürte auf dem Weg immer wieder ihre schwerfällige, lautere Daseinsform, die ich kurzerhand durch die Drehtür bei Sweetie verließ.

Damals war es wie aus dem Nichts aufgetaucht, mein Naturell, das sich leicht verliebt, Verführung sucht, Licht und Glanz.

Mein Naturell hatte bis zu diesem Zeitpunkt geschlafen und es ausgebrütet: das Verlangen. Es hat sich ernährt vom Verlangen, das es selbst ausbrütet und aufzehrt, und dabei ist es immer kräftiger geworden, kraftvoll, unstillbar verlangend. So habe ich es gekannt, als ich noch am Leben war. Als ich Jerzy liebte, der vom Polnischen ins Deutsche wechselte, wenn ich darauf bestand, und der mir vorführte, daß unser Verständnis dadurch nicht besser wurde. Das Begreifliche ist eine These, eine Hilfskonstruktion für den Alltag, alles andere ist rätselhaft wie die Liebe.

Damals reiste ich oft im Zug durch Polen, stundenlang lauschte ich dem französischen Klang des

Polnischen, das voller Verlangen war, so wie ich. Jerzy liebte und lachte mich aus dafür, daß mich gesund hielt, was ihn krank machte. Er war bleich wie Gérard Philipe, er zögerte beim Gehen; wenn er betrunken war, blieb er stehen. Er beherrschte mehrere Sprachen fließend, um sich mühelos in der Welt zu bewegen, die uns verschlossen war.

Bei Sweetie vergewisserte ich mich nach der Wiedereröffnung zuerst über die Spiegel der neuen Gesichter im Raum. Ich tat es unbewußt und unverschämt. Es war, als verfolge ich sie auf verschiedenen Fernsehkanälen. Ich hatte so lange fremde Menschen auf der anderen Seite der Welt im Fernsehen beobachtet, ich hatte sie ein paar Stufen hinauf in ihr Haus gehen sehen, gleich darauf waren sie in ihren Zimmern mit wandfüllenden Bildern erschienen, ich hatte gesehen, wie sie an Fenstern vorbeigingen, hinter denen sich Blätter an Zweigen bewegten. Dann sagten sie manchmal etwas, was sie nur einem Freund anvertraut hätten, und jedesmal in diesem Moment wollte ich mein Leben mit ihnen teilen. Je weiter sie von mir entfernt waren, je unzugänglicher mir ihre Fremde erschien, desto mehr sehnte ich mich, dieses gerade vorgeführte Leben demnächst gegen meines zu tauschen.

Immer schon zogen mich die Leben der anderen an, beliebiger anderer, die mein Gesichtsfeld zufällig querten. Immer wollte ich mit jedem, der mir begegnete, eine Weile leben, ein Jahr oder eine Woche, mit wachsender Erfahrung hätten vielleicht vierundzwanzig Stunden ausgereicht, um von der Unbegreiflichkeit des anderen zu seiner Eigenart vorzudringen. Wozu sonst sollten sie mir über den Weg laufen? Wozu sonst die ewigen Ströme und Wirbel aus Luft, Nebel, Pollen, Staubmolekülen, Nervenimpulsen?

Mit jedem eine Runde forttanzen! Hände, Gerüche, der vibrierende Hof der Worte, der dringliche Körper, die ganze Hilflosigkeit, das ganze ewige Fragment eines anderen, das nur gefühlt werden kann. Die flüchtige Begegnung mit dem eigenen Fragment, das auch nur gefühlt werden kann.

Unendlich viele Leben warteten immer auf mich. Indem sie mir vorgeführt wurden, konnte ich sie im Geiste einüben bis zu dem Tag, da sie mir offenstehen würden. Die Jahre bis zu diesem Tag habe ich mit Studien gefüllt, ich bereitete mich auf alle Leben vor, deren ich im Fernsehen ansichtig wurde. Mir war die Zeit wie im Fluge vergangen.

Jetzt oder nie!

Das waren Nettes beschwörende erste Worte an mich gewesen. So ist sie: schwärmerisch, hochtrabend in ihrer Andacht, unberechenbar in ihrer Anbetung. Anfangs hielt ich sie für romantisch.

Die herrische Rede der Konditormeisterin schnitt

mir durchs Gedächtnis: Die Herrschaften wünschen! Sie galt für Gesellschaften ebenso wie für Einzelkunden. Die Konditorei befand sich im Familienbesitz seit der großen Gründerära der Stadt, an der Ecke eines respektablen Gründerzeithauses, hartnäckig wurde sie durch die Ära des Volksbesitzes hindurch im Familienbesitz geführt, inmitten einer Stadt voller hinfälliger Fabrikvillen, Kontorvillen, Kaffeehäuser.

Damals erschien Agnes oben auf dem Treppchen zur Backstube, zwischen bräunlichen Plastikfäden, wenn die Meisterin nach der Bedienung rief. Und alle sahen zu Agnes hinauf, die die Schokoladenspritze in ihr Schürzchen gleiten ließ und die Fäden des Vorhangs über ihren Rücken. Wir hatten auf ihr stummes Geheiß das verwirrende Hinterland zu vergessen, seinen beißenden Duft, und dachten doch an nichts anderes.

Ihr Gesicht war breit und hell, semmelblond wie ihr dickes, großwelliges, stumpfes Haar, ihre Brüste hielten auffällig Abstand voneinander, ihre Beine waren weiß und schon an den Fesseln stämmig, sie schaukelte beim Gehen.

Hingegeben verfolgten wir ihre Gänge; wenn er fern war, dachte ich an Jerzy dabei. Das augenblicklich Fernste zu denken, war köstlich, solange sie zwischen der Kuchentheke und den sechs Tischen oder zwischen meiner Schulter und der eines fremden Gastes vorbeischaukelte und ihre dicken wei-

ßen Arme mit den Grübchen an den Ellenbogen Sahnepokale über mich weghoben und Agnes semmliger Duft sich in Schweifen und Kringeln durch den Raum schlang.
Und dann hob Nette die Tortenstücke mit angehaltenem Atem auf die Teller, die Kulturwissenschaftlerin, entschlossen, das Neue in jeglicher Erscheinungsform zu begrüßen.

Ich gehörte dazu. Sie war neugierig auf mich wie auf alles, das zu ihrem neuen Metier gehörte. Sie hat mir von Anfang an zu verstehen gegeben, daß ich nicht jemand war, der einfach wieder verschwinden kann. Sie hat mich gleich damals in ihr neues Leben eingebaut, sie wollte jetzt nichts mehr dem Zufall überlassen, schon gar nicht ein neuerliches Scheitern.
Auch ich bin neu hier, erklärte ich ihr gleich, denn alles um uns veränderte sich, also befand ich mich, ohne mich vom Fleck gerührt zu haben, in einer fremden Gegend. Ein wunderbarer, etwas seltsamer Umstand.

Sie kamen mir alle vor wie Ausländer. Als sei ich im Ausland, um mich herum Ausländer. Als lehnte ich an einer Cafébar im Ausland und keiner hätte bemerkt, daß soeben eine Ausländerin hereingekommen ist. Als wüßte keiner von keinem, ob er sich gerade zu Hause oder in der Fremde befindet.

Und nun sind Sie frei? sprach mich Jean an.
Ich wartete ab. Ich war auf ihre Reden neugierig. Ich wollte niemanden ausschließen. Sie waren fast alle mit gewagten Zielen gekommen, mit Plänen, die ihre Aufmerksamkeit einschränkten, sie handelten, während wir noch dachten, nach Feierabend tranken sie Portwein, gaben sich leidenschaftlich und unbelehrbar.
Jean war anders, er zögerte, sprach mit starkem Akzent, er mußte sich die Sprache erobern, das macht aufmerksam. Ich war bereit, ihm viel zu verzeihen, weil wir uns rechtzeitig bedeutet hatten, daß das Gemeinte möglicherweise nicht annähernd dem Gesagten entsprach. Damals fühlte ich mich einzig in diesem Zwischenraum der einkalkulierten Mißverständnisse sicher.

Wir redeten über Frankreich, das ich aus Filmen kannte. Nicht einmal er, der Bibliothekar des neuen Kulturinstituts, hatte alle Filme von Eric Rohmer gesehen. Ich hatte sie alle mehrmals gesehen; seitdem wußte ich mich einer Menschenart zugehörig, die offenbar auch jenseits der Grenzen vorkam. Es waren Menschen, deren Seelenzeit langsam vergeht und deren Redezeit wie eine absurde Tonspur dazu parallel verläuft.
Ich ließ mir von Jean über diese Orte erzählen und von Paaren, die mir vertraut erschienen, wie sie an diesen Tischchen an der Straße sitzen und Kaffee

trinken, dabei die Fremden betrachten. Ich wähnte sie durch einen zitternden, stets ungewissen erotischen Strom mit dem Nachbarn verbunden. Sie saßen da und sprachen Belangloses, während sie Jahr um Jahr auf mich gewartet haben.
Kein Franzose, sagte Jean unvermittelt, wird, was hier gewesen ist, jemals verstehen.
Damals bat ich ihn rasch, französisch weiterzusprechen. Davon verstehe ich kein Wort. Ich sah ihn dabei an und dachte an Jerzy und bildete mir ein, daß ich Jerzy jedesmal verstanden hätte, wenn er vom Polnischen ins Französische wechselte, und ich beruhigte mich für eine Weile.

Er fand sich immer am gleichen Platz am Fenster ein, vielleicht weil er es gewöhnt war, auf dem Trottoir zu sitzen, selbst im Winter, wie er mir versichert hat. Manchmal standen wir lange beisammen, ohne zu reden. In den Spiegelwänden: ein Paar aus einem Film von Rohmer. Sie sagen oft über Minuten nichts, dann reden sie wieder ohne Pause, meistens die Frauen. Es sind nichtssagende Stücke, wenn sie reden, die Sätze haben einzeln keine Bedeutung, die Worte bedeuten so wenig wie einzelne Noten. Wenn es vorbei ist, breitet sich das Gefühl aus, als sei soeben gesungen oder getanzt worden.
Ich hatte gehofft, daß Jean stillhalten würde, und er tat es. Wir ließen den Film eine Weile laufen; als er

anhielt, ging er für mich mit einer anderen Szene einfach weiter.

Kay verkaufte Maschinen und wollte weiter nach Rußland. Er hatte Kataloge von Fleisch- und Knochensägen in seinem Köfferchen und immer zwei oder drei Beutel mit Aufdrucken des Sortiments. Ich hatte ihn für einen der jungen Anwälte gehalten, die überdurchschnittlich vertreten waren in der Stadt. Kay entfaltete über der Tortenvitrine die Farbdrucke der Fleischwölfe, Fleischmürber und Schnetzelmaschinen und erzählte von der geplanten großen Asienpräsentation der Eingeweideverwirbelungsautomaten, in die Tiere im Ganzen eingefüllt werden.
Nette bewunderte ihn aus der Entfernung, die ihre Anstellung gebot, wenn er in Rage geriet. Auch ich mochte seine Begeisterung, die ihn leicht schwitzen ließ, etwas Fülle fehlte ihm, um in seinem Metier auch wortlos zu überzeugen. Nette schob auf mein Geheiß meine Sahne auf seinen Teller. Ich verzichtete leicht, denn damals beherrschte mich die Neugier.
Er war direkt, machte unvermittelt Anträge, brauchte keine Überleitungen; ich lachte. Weil ich oft lange lachte, wurde er unsicher. Dann gewöhnte er sich daran und behandelte mein Lachen und alles, was er nicht verstand, als bedeutete es nichts. Ich erkannte erst später, daß dies eine verbreitete

Methode ist, die Welt den eigenen Möglichkeiten anzupassen.
Er hatte es eilig in allem, er war auf Verarbeitung aus, auf Verwandlung von einer Beschaffenheit in die nächste, von grobkörnig in feingemahlen, in geleeartig, in gallertgläsern, in preßwürfelfest. Er hielt sich nicht mit Zuständen auf, sondern drängte auf Umformung. Er kam morgens und hatte, noch ehe ihm Nette den Kaffee brachte, seine volle Betriebsspannung erreicht. So nannte er das, was sie alle mit ihren frisch aufgelegten Düften hereinwirbeln ließ.
Ich erwartete ihn deshalb manchmal sehnsüchtig, vor allem an Tagen mit trüber Wetterlage über den schlammigen Bauplätzen der Stadt, an denen Jean melancholisch zu mir herübersah, wie einst Jerzy, der das gut spielen konnte, der sich wie keiner darauf verstand, die Wahrheit zum Theater zu machen, und der ihr dennoch nicht gewachsen war.

In den Wochen mit Kay vermißte ich nichts, es störte mich nicht, daß er nichts wissen wollte und nichts verstand. Sobald er sein Fleisch- und Wurstimperium in Rußland beschwor und die Schokoladencreme an den Prospekten klebte, fing ich an zu lachen, ich küßte ihn, ich mußte ihn wieder küssen, wobei sich mein Gelächter in seinem Mund verfing und er ahnungslos mitlachte.
Diese Ahnungslosigkeit, die Männern eigen ist, begann ich zu schätzen, sie kann unterhaltsam sein,

wenn man ihnen die passende Rolle in dem Stück gibt, dem man beizuwohnen gedenkt.
An Freunden herrschte kein Mangel, es sind immer mehr geworden in diesen Jahren. Durch die Spalten in meinen Lidern sah ich hinüber zu Jean. Ich stellte fest, daß ein einziger wesensverwandter Mensch ausreicht, um alle anderen lachend zu mögen, wie sie sind.

Später kam Mark, der mich sofort fragte, welchen Beruf ich ausübe. Mir sind Direktheiten eines fremden Menschen peinlich, damals war ich jedoch unfähig, ihn darauf hinzuweisen. Wie bei Kay hob ich nur lachend die Schultern, ich fühlte mich an die umweglose Kontaktnahme unter Studenten und Trampern erinnert, als die Fahrtrichtung über ein Abenteuer entschied und die Fachrichtung lediglich Vorwand für eine Unterhaltung bot.
Ich hörte mich schamlos erklären, ich mache einen Computerkurs, was den Tatsachen entsprach, um mir danach, frisch ausgerüstet, in meinem Fach als Kommunikationswissenschaftlerin einen neuen Wirkungskreis zu suchen.
Ein paar Sekunden lang breitete sich Fassungslosigkeit in mir aus.
Niemand hier wußte, nicht einmal ich, daß ich doch noch erwog, wieder einzusteigen, wo der kurz schlingernde Zug der Zeit mich ausgeworfen hatte.

Der Amerikaner zeigte nun noch größeres Interesse, er half mir damit über meine linkische Offenbarung weg. Das von mir lange gemiedene Wort hört sich im Englischen viel selbstverständlicher an, als sei es dort von jeher ohne Alternative für die Subtilitäten des Austauschs von Zeichen und Bedeutungen. Dabei hatte mich gerade das unaussprechliche Wort einmal angezogen, als ich mich für dieses Fach entschied, es war mir wie die Zugangsverheißung in eine Welt mit geheimen Regeln erschienen, von der wir nur die Oberfläche kennen. Es ist bisher der einzige öffentliche meiner Versuche gewesen, durch die Realität hindurchzutreten wie durch eine Wand. Seine Hilflosigkeit macht mich heute verlegen.
Im Mund des Amerikaners klang das künstliche Wort natürlich, er hatte kein anderes.
Jeder kommuniziert mit jedem, erklärte er leichthin, das ist die Zukunft. Ganz einfach: Das Netz ist überall.
Er saß mit ausgebreiteten Armen über die Kuchentheke gebeugt, und wir entlockten ihm in kurzer Zeit einige Aussagen über die Zukunft: Die Zeit der Ideologien war also zu Ende, die modernen Menschen, also wir, hatten Gefühl und Verwirrung hinter sich gelassen. Unser Dasein würde von nun an fließend, chaotisch, lebendig und frei sein und nicht mehr an Orte gebunden. Vernetzung durch Kommunikation ist jetzt alles. Sie wird überall sein.

Keiner kann der Vernetzung entgehen. Wer sich entzieht, nimmt an der Welt nicht mehr teil.

Nette putzte alle Stunden ihr Kassenmodell und morgens vor der Öffnungszeit die Spiegelwände. Einmal kam ich zu früh, ich konnte sie von draußen sehen. Sie polierte die Spiegel mit beiden Händen, dazwischen ihr Gesicht, ganz nah am Glas, ohne Brille.
Wir alle konnten uns einbilden, wir hätten einen zweiten Versuch. Wer glaubte, den ersten unter veränderten Bedingungen fortsetzen zu müssen, tat das im stillen. Es war umständlich, anstrengend, schmerzhaft und ohne belebende Wirkung.
Die Idee des zweiten Versuchs hingegen, sie liegt seit Urzeiten im Menschen bereit, unter den ewigen Menschheitsträumen.
Sie wurde wach, sobald man bei Sweetie die volle Halogenbeleuchtung eingeschaltet hatte.

# IV

Was tust du eigentlich hier? frage ich mich ein Dutzend Jahre später.
Ich suche nach der Zeitung von gestern, die mich nicht interessiert. Liegt sie am Ende in einem der Pappkartons unter den Hausbriefkästen, bei den nie gelesenen? Dieses Schicksal kann jedem drohen, jedem, der hier hereinkommt. Lauter Auftritte, die im Schlick meiner Gleichgültigkeit enden.
War an dem was dran, außer daß er gut roch? erkundigt sich Nette.
Sie ist mit meinem Kaffee beschäftigt und mit ihrem kleinen, unberechenbaren Lächeln. Sie ist jetzt schon ein Dutzend Jahre täglich um etwa die gleiche Uhrzeit mit meinem Kaffee beschäftigt, als gelte es den besten hervorzubringen: bei 97,5 Grad, der Temperatur, bei der er ohne Zucker süß wird.
Nichts, sage ich.
Oho! flötet sie, welche Extravaganz!
Wenn sie ironisch wird, kann ich sie neuerdings nicht mehr leiden. Vor kurzem mochte ich das noch an ihr.
Sie bringt mir Kaffee, Sachertorte, Sahne und schaut mir lächelnd und unbarmherzig ins Gesicht. Als hätte ich ihr gestern alles über mich erzählt. Davon kann keine Rede sein. Weil ich nichts mehr zu meiner Person zu sagen weiß.
Irgendsoeiner, sage ich.

Aber gut sah er aus, sagt sie entschieden.
Ich weiß nicht, was ich von ihr halten soll. Sie ist anstrengend, immer will sie etwas hinkriegen. Dafür kann sie augenblicklich zu einem kleinen Mädchen werden, immer muß sie etwas bewundern. Als hätte sie sich gestern ausgedacht, was sie heute bewundern will. Ganz unwiderstehlich, wenn ihr bewundernder Blick durch ihre Brillengläser dringt. Das reizt mich.
Verirrt sich nicht mal ein Häßlicher in diesen Laden? fahre ich sie an.
Das wäre? fragt sie unschuldig.
Ein Fetter, ein Behaarter, ein Unglücklicher.
Sie lächelt wieder.
Am Anfang mochtest du alle, sogar die Schönen. Das war es, was mir an dir gefiel. Du konntest sie alle lieben, von Natur aus, vielleicht aus Wißbegier. Im Gegensatz zu mir, ich habe mich anfangs ziemlich anstrengen müssen, ich hab es beschließen müssen, das alles und mein neues Leben zu mögen. Aber es hat geklappt.
Was?
Ich mag es.
Sag mal, willst du hier alt werden? frage ich, und sie scheint nicht überrascht.
Du magst auch mich nicht mehr, gibt sie mir zur Antwort.
Offen gesagt, du hast keine Grübchen über den Ellenbogen. Sie fehlen dir.

Ja, sie fehlen mir.
Du bist zu mager, eckig regelrecht.
So?
Weißt du überhaupt, wie deine Vorgängerin aussah?
Mollig?
Wie eine Schillerlocke.
Jetzt bin ich da, eine Laugenbrezel, sagt Nette.
Du paßt nicht hierher, das ist alles falsch.
Zu spät, Sweetie, flüstert sie.
Du, bring mir noch was Fettes, sag ich.
Man siehts dir langsam an, paß auf.
Da hättest du sie mal sehen sollen.
Die Schillerlocke?
Und das ganze Hinterland!
Welches Hinterland?
Das ganze fette, warme, süße, stinkende Hinterland hier.
Nette mustert mich, als wollte sie mich studieren.

Du warst schon mal besser, hat sie dann noch zu mir gesagt. Das war mir zuviel.
Du meinst, als ich noch hierher frühstücken kam wie im Film, wo sie nach dem Kaffee schnell wieder verschwinden, Karriere machen? Als du solche Leute um dich gebraucht hast, Leute mit Zukunft. Als du mich noch zu denen gezählt hast.
Sie hat das einfach überhört, das Tablett über mir kreisen lassen, ihr Arm streifte mich wie zufällig, sie

hat im Vorbeigehn unauffällig mit mir immer so weitergeredet.
Im Moment sitzt du einfach zu oft und zu lange hier!
Was sollte ich dazu sagen.
Ich warte eben auf jemanden.
Ich sah ihr zu, wie sie zwischen den Spiegeln ihre Runden drehte, auf Schuhen vom Schuhkarussell aus der Fußgängerzone, unerreichbar in ihrer Gleichgültigkeit gegenüber allem, was sie hervorheben könnte. Als hätte sie sich dort in Sicherheit gebracht. Sie interessiert sich für die anderen wie für Ausstellungsstücke, die zum wunschlosen Bewundern da sind.
Du kannst dich doch nicht beklagen, flüsterte sie beim nächsten Mal.
Ich dachte an Tine. An Tine denke ich nur, wenn ich nicht mehr weiterweiß.
Denk dir was aus, dann glaub es, dann mach es! So läuft das, raunte sie mir zu.
Plötzlich waren alle Tische besetzt, und sie rannte dazwischen hin und her und kicherte.
Was denn? fragte ich abwesend.
Ich dachte an Tine, die Beine hatte wie ein junger Elefant, Haar wie ein Lama und Wimpern wie ein Fohlen, die auf der Mauer getanzt hat wie ein Artist auf dem Seil, die Jenseits und Diesseits in die Luft warf wie Gummibälle, nach denen wir gesprungen sind wie die Fische zwischen Luft und Wasser.

Nette versetzte mir einen Klaps und war schon wieder vorbei.
Sitz nicht rum, denk dir was aus, dann mach es. Alles ist möglich!
Alles ist gar nichts, zischte ich ihr hinterher, denn soviel fange ich allmählich an zu begreifen: daß alles auf einmal auch keinmal ist.
Ja, wählen müssen die Herrschaften schon selber, hat sie mir von der Kuchentheke her zugerufen, mit der Geste der Meisterin.
Das brauchte ich früher nicht, konterte ich.
Nein, da waren wir ja auch noch klein! Sie knallte mir einen Schokoladenzwerg auf den Teller.
Es war ein Geklirr, Gelächter, Gerenne und Geklapper im Raum, Nette glühte, schwitzte und lachte.
Als die Freiheit noch grenzenlos war, sang sie, flirtete mit ihrem Spiegelbild und war nicht wiederzuerkennen.
Solange du nicht wählst, bleibt sie das auch!
Richtig, Sweetie, sie blieb vor mir stehen, erhitzt und geradezu schön, kaum hast du gewählt, sind alle Möglichkeiten auf einen Schlag vernichtet. Bis auf eine. Eine einzige Möglichkeit.
Und das wärs dann, was übrig bleibt von der Freiheit, sagte ich.
Jawohl, hat sie geantwortet, ein Ehemann. Nie zwei.

Es ist dunkel geworden, und ich sitze noch immer hier. Manchmal ist mir das Licht zu grell. Die Stadt ist inzwischen voll von Licht, man kann die Leute von einem Lichtkegel zum andern wechseln sehn, sie fallen in kleinen Pulks ein und zerstreuen sich im Weiterziehen oder umgekehrt, einzelne treibt es herein, und in Paaren kreiseln sie durch die Drehtür wieder hinaus. Manche grüßen zur Bar hin, ich kenne sie, ihre Namen nicht, ich könnte sie mir nicht merken, Namen bedeuten mir nichts mehr, ich habe sie fallenlassen. Wie man eine Gewohnheit fallenläßt, für die die Zeit zu knapp geworden ist.
Ich sitze so herum. Es scheint, ich warte auf einen Unbekannten, der mich nicht interessiert, während mich alle, die ich kenne, auch nicht interessieren.
Ich könnte sie zählen, um irgend etwas mit ihnen anzufangen. Früher wollte ich mit jedem einen Tag leben. Ich frage mich, wozu sie da sind, wenn ich nichts mehr mit ihnen anfangen kann.
Das Zählen hat mir Hubertus vorgeführt, der alles zählte, was ihm begegnete: Bäume, Masten, Pfeiler, Pfosten, Autos, Autos, die fahren, Autos, die stehen, nach Größe, nach Farben, nach Anzahl der Türen, nach Herstellungsland, nach Herkunftsort, dann Werbeflächen, nach Größe, nach Anzahl der abgebildeten Personen, nach Geschlecht, Porträt oder Ganzfigur, nach Ausdruck, lachend, lächelnd, einladend lächelnd, überrascht lächelnd, erstaunt lächelnd, komplizenhaft lächelnd, dann Schuhpaa-

re in Schaufenstern, Taschen in Schaufenstern, Gepäcktaschen, Geldtaschen, Aktentaschen, Brieftaschen, Teigtaschen, Maultaschen, alles kann gezählt werden. Ist alles gezählt, sitze ich immer noch hier herum, es kommen drei herein, und zwei gehen hinaus, und schon geht es weiter, es bedeutet nichts, es ist weder voll noch leer hier drin, was bereits viel bedeuten würde, die Zahl bedeutet nichts.

Jeder kann sich entscheiden, was er mit den Erscheinungen des Lebens anfangen will, erklärte Hubertus, der Postbote, das Zählen der Erscheinungen schließt Wertung und Urteil aus, es läßt sie sein, was sie sind.

Zählend folgte Hubertus, der Nestor unter den Briefzustellern, den Erscheinungen, was ein ungewöhnlich langes Leben ergab, zählend umkreiste und durchmaß er sie, ihre Reihung mit der Zahl der Hausbriefkästen kunstreich verbindend, mit der der Postsendungen in einfach erhöhter Dimension verknüpfend, letztere fielen durch Format, Gewicht und Duft nochmals fächerartig auseinander, deren endlose Variationen zu zählen eine Frage der Dienstzeit war, die der Postbote trotz seiner Passion als endlich betrachtete.

Er ist sehr alt geworden. Er suchte die Ordnung der Welt ohne Eingriff zu ergründen, ihre Grenzenlosigkeit war seine Leidenschaft. Er wollte nichts von ihr. Ich dagegen muß sie stets in mich selbst verwandeln. Er wollte nur ihr Abbild als endlose und ausdruckslose Zahl. Während mich das Verlangen nach Leben regelmäßig an den Punkt der umfassenden Verständnislosigkeit geführt hat, in eine schwerelose Leere, in der sich fremde Wesen tummeln, Tiere oder der liebe Gott.

Wenn der jetzt hier reinkäme, würde ich ihm ins Gesicht sagen, daß er mich in Wahrheit nicht interessiert.
Wozu denn das? fragt Nette.
Dann müßte er antworten.
Wahrscheinlich würde er einfach mit den Schultern zucken.
Das würde ich nicht akzeptieren.
Und wenn ihm das egal wär?
Dann würde ich ihn schlagen.
Wie?
Ich hab schon lange Lust drauf.
So.
Es ist das einzige, worauf ich Lust hab. Und essen.
Laß es lieber, flüstert Nette. Sie sagt mir nicht, daß ich fett geworden bin. Sie will mich beruhigen, sie versucht, dabei nicht überlegen zu wirken.
Und du paßt doch nicht hierher, sag ich ihr noch mal.
Doch, erwidert sie ungerührt, alles, was du siehst, paßt.

Das hat Jerzy, der katholisch war, auch gesagt. Er mußte aber sicher sein, daß etwas zu trinken da war. Nüchtern konnte er das nicht hinnehmen. Das werde ich Nette nicht erzählen, sie könnte eine verächtliche Bemerkung machen. Sie ist so stolz, daß sie alles bei vollem Bewußtsein hingekriegt hat, ohne Krisen, ohne Drogen. Geradezu makellos. Abends kommt ihr Mann, um sie abzuholen. Wenn er hereintritt, ist sie nicht mehr meine Freundin. Ohne Übergang verwandelt sie sich in die Ehefrau ihres Mannes. Diese Rolle ist für einen Dritten ohne Anziehungskraft. Ein Ehepaar läßt sich bestenfalls ansprechen wie eine Reisegruppe. Meistens bin ich schon weg, wenn ihr Ehemann anruft, um ihr mitzuteilen, daß er jetzt gleich da ist.

Manchmal schaue ich über die Spiegel aus dem Fenster wie aus einem fahrenden Zug. Ich habe dann das Gefühl auf Reisen zu sein, das beruhigt mich. Als seien beim Reisen Ausgangs- und Zielpunkt mehr oder weniger mutwillige Erfindungen, Konstrukte, mit denen sich Bewegung im Raum abmessen läßt. Wer auf diese Abmessungen verzichtet, kommt im reinen Unterwegssein an. Es ist grenzenlos. Es kündigt sich bereits unmißverständlich beim Starten des Autos an: mit einem Strom von Freiheitsgefühlen. Im glücklichsten Fall beherrscht einen für Augenblicke, gar Stunden die

Gewißheit, dieser Zustand sei mit dem Leben identisch.
Zählte eine gelegentliche Reisetätigkeit zu meinen Arbeitsaufgaben, so ließe sich vielleicht einüben, was mir fehlt. Stattdessen messe ich die Jahre ab, die ich vor Bildschirmen sitze, nur in den vorderen Fingergliedern bewegt. Vor meinen Augen sehe ich die vergehende Zeit in einer silbergrauen gelierenden Masse versinken.
Einer meiner Plätze befand sich hinter einem bis zum Boden reichenden Fenster zu einer Straße hin, auf der zweimal am Tag eine Frau vorbeiging. Jedesmal warf sie einen Seitenblick in das Fenster und betrachtete sich im Gehen von Kopf bis Fuß. Wenn sie bei ihrer Brust angelangt war und dort ganz kurz und mit vollkommener Befriedigung innehielt, fühlte ich mich jedesmal angeschaut, mit einem Einverständnis, das einem nur als Säugling zuteil wird.
Wahrscheinlich hat diese Frau mich nicht ein einziges Mal bemerkt, während ich auf diese Sekunde der vollkommenen Zustimmung täglich gewartet habe und so hätte errechnen können, daß ich schon wieder ganze zwei Jahre und einen Monat an diesem Bildschirm gearbeitet hatte.

Irgendwer muß es mir einmal versprochen haben, ich erinnere mich nicht, vielleicht der liebe Gott, über den ich mich mit Tine immer totgelacht habe, wenn wir seine beiden einzigen Anhänger nach der Schule zum Religionsunterricht trotten sahen. Irgend jemand hat es mir einst versichert: keine Angst.

Keine Angst, hat auch Jerzy gesagt, der Tod ist nicht das Schlimmste, was dir im Leben passieren kann.

Dann ist er nicht wiedergekommen, sein Kaffee wurde kalt, und er hat auf mich gewartet in dem düsteren Gang zwischen Backstube und Gästeklo, im warmsüßen Duft aus der Mehlkammer, wo die Mehlsäcke an der Wand lehnten, die Mandelsäcke und die Rosinensäcke, wo Mehl auf den Terrazzoboden gestäubt war, wo die Cafégäste sich verstohlen durch den Duft von Marzipan, Vanille, Zitronat und Bittermandelaroma tasteten, gegen das fahrbare Regal mit den frischen Blechkuchen stießen, zwischen Eierschecken, Bienenstichen, Donauwellen umherirrten auf der Suche nach dem Weg nach oben, eine Treppe links, Damen/Herren WC/Besen und Wirtschaftskammer, gegen Stapel von Putzmitteln, Scheuerbürsten, Lappen und Eimer stolperten; benommen taumelte ich gegen den Bäcker, der den Gang mit einem Blech voller heißer Katzenzungen kreuzte, der Duft seines Bäckerhemdes streifte mich, seine ausgetretenen Schuhe: weiß vom Mehl. Die Ösen zeichneten sich ab wie unter frisch gefallenem Schnee, seine Barthaare warfen Schatten.

Komm, hat Jerzy geflüstert, schlimmer ist, es fühlt sich gar nicht an wie Leben, und du weißt nicht warum. Dann hat er mich in die unkontrollierbaren Aromen gezogen, an den einzigen unberechenbaren Ort in meinem Land, den Ort, den man beichten muß, hat Jerzy gesagt, komm in eure süße, dumpfe deutsche Backstube.

Jerzy wollte sich aus dem Fenster stürzen, wenn wir ihn nicht liebten. Er nahm von der Zimmertür her Anlauf und sprang gegen die Scheibe, die bis zum Boden reichte, tief unten sahen wir die Oder fließen, Agnes und ich, und den dunklen Umriß seines Körpers mit dem hochgerissenen Bein davor. Dann wollte er das Rasierwasser trinken, sich die Pulsadern aufschneiden und es als eine ihm unvergeßliche Geste schätzen, wenn wir uns beide dabei entkleideten.

Später sah ich die Kirche, eine kostbar gedunkelte Schatulle, voll vom Gewisper der Stäubchen, von Schneeflocken umflogen, groß wie Eichenblätter. Es drängte sich eine Menschenmenge vor dem düsteren Eingang, der wie der Zugang zu einem Versteck gelegen war. Ich huschte mit hinein.

In Polen, über das gerade das Kriegsrecht verhängt worden war, fühlte ich mich schon immer ungelenk. Ich beherrsche die Bekreuzigungsgeste nicht. Ich bin lediglich getauft. Meine Mutter trat seinerzeit mit Rücksicht auf den Sozialismus und meinen

Vater aus der Kirche aus, trat jedoch vor meiner Geburt wieder ein und ließ mir die heilige Taufe geben. Danach ist sie wieder ausgetreten. Ich war stets stolz auf meine Mutter, die den Mut zu diesem Hakenschlag besaß.
Der Organist spielte so, daß ich inmitten der Menschenmenge auf die Knie fiel, und als das Glöckchen zur Wandlung ertönte, betete ich um Wandlung, denn ich hatte den jungen Mann auf dem Danziger Werfttor im Fernsehen gesehen.
Wandlung! forderte ich im Geiste mit ihm, der jünger war als der Papst, aber auch der Papst war Pole, der Papst war Skifahrer, Dichter wie Jerzy, von dem mir nur der Schattenriß geblieben ist, der Papst war Pole in Rom, seine Schultern kraftvoll vom Skilauf und geschmeidig der ganze Körper vom Fluß des polnischen Geistes.
In der Nacht seiner Inthronisation träumte ich ein gewaltiges Altargemälde: links eine frische Maienwiese darstellend, auf der ich in einer Ansammlung von Gläubigen den Papst erwartete und er weißgewandet aus einer kleinen Barockkirche trat, uns segnend, auch mich, die ich im Wachsein nicht weiß, was sein Segen tut. Auf der prächtigen rechten Tafel schritten wir, von der Menge längst getrennt, durch das Ufergras des Flusses, der die violetten Schaumkronen der mittelsächsischen Chemieregion trug. Ich ging hinter ihm, und er, ein paar Meter vor mir, wandelte. Der Wind riß an

seinem Gewand, ich sah den Wind am Gewand reißen, so daß es hochflog, zugleich mit meinem bebenden Atemzug, und er wandte sich zu mir um, in der Blöße des ersten Menschen, vom Gewand hoch umflogen, im Paradiesgarten der Phenylregion. Er nannte mich Maria, von der mein Herz doch im Wachsein nichts weiß.
Von dieser Nacht habe ich keinem erzählt. Niemand weiß, daß ich mit ihm vermählt bin. Meine heimliche Ehe irritiert mich anhaltend. Hat sie mit der Taufe zu tun, die meine Mutter erzwang, von der ich glaubte, daß mir nichts geblieben sei als eine goldene Papprolle mit einem Pappstöpsel, an dem eine rosa Quaste hing, an der zu ziehen mir meine Mutter nur ein einziges Mal gewährte, um danach selbst die Taufurkunde aus der duftenden Röhre ans Licht zu holen.
Führe ich ein geheimes Leben neben meinem, von dem ich selbst nichts weiß?

Damals in der Kirche betete ein blondes Mädchen neben mir, ihr Liebster möge aufhören mit dem Trinken, dann besorgte sie ihm nach der Messe an einem Kiosk hinter der Kirche eine Flasche.
Sie kannten sich schon in der Schule, und jetzt, zwei Jahre später, ging sie auf die germanistische Fakultät und versorgte ihn mühsam mit, der ihr in ihren neuen Lebensabschnitt stumpf und hartnäkkig nachstürzte, ein siebzehnjähriger Alkoholiker

und kindlicher Liebhaber. Beim Kartoffelschälen passierte es, ihr Konfirmantenring rutschte ihr unbemerkt vom Finger und sie warf ihn mit den Schalen weg. Danach gab sie es auf, sich gegen das Schicksal mit dem Jungen zu stellen, sie kaufte sich grotesk hohe grüne Pumps, in denen sie fortan schräg nach vorne stand und ging, in einem Neigungswinkel zum Boden, als würde sie einen nichtendenwollenden Berg besteigen.
Sie war eine polnische Madonna und liebte Meister Eckhardt und sein wunderbares Deutsch.
Gehugnis, welch ein Wort! sprach sie mich voller Bewunderung an, nachdem sie mich am Ausgang der Kirche deutsch hatte reden hören.
Sie erhandelte die Flasche am Kiosk, dann kaufte sie in einem Laden Grieß und Senf, woraus in dieser gespannten Lage ein Essen gemacht werden mußte, und schritt auf hohen klickenden Schuhen vorgeneigt die leeren Regalreihen entlang.
Was bedeutet das? fragte ich beschämt.
Meine Gehugnis leitet mich, sagte sie, und ungelenk half ich, Grieß und Senf in ihre abgewetzte Tasche zu packen, das heißt: Meine Würde vor Gott leitet mich.

Damals fuhr ich immer im Zug durch Polen, und das summende weibliche Gemurmel in den Abteilen riß nicht ab. Stieg eine Frau aus, kaum sah ich sie draußen im Schnee gehen, trat auch schon eine neu zugestiegene in das Abteil, und das hinkullernde Plaudern ging mit dieser fort, und an der nächsten Station, wenn sie ausstieg, kam eine andere, die den Faden, den ich nicht kannte, ohne Zögern aufnahm und fortrollte. Alte, Junge und Kinder schien etwas Unkompliziertes zu verbinden, so daß das Geheimnis, das die fremde Sprache mir daraus machte, künstlich erschien. Dann wieder fühlte ich genau, daß das täuschte.

Der Nebel dämmerte über den Feldern, mischte sich mit dem Lokomotivendampf, ein alter Transporter hinter der Bahnhofsschranke lenkte vorsichtig rückwärts, vorwärts und wieder rückwärts, der Nebel wurde blaugrün, der Transporter versuchte es mit einem flachen Einschlag, der Nebel war gelbgrün geworden, der eiserne Zeiger der Bahnhofsuhr schillerte. Die Wegränder, der Bahnübergang, die Rinnsale aus grauem tauendem Schnee, tropfend und gelegentlich von einem Geräusch durchschlagen, wenn ein Batzen Schnee zusammensackte und die obenliegenden Rußkörnchen tiefer rutschten; die Temperatur hielt sich knapp über Null. Die Abteiltüren standen offen, das Plaudern der Frauen kullerte zwischen den Abteilen hin und her. Draußen Felder, Krähen, ein Schuppen, beschneite Strohballen, die im Kreuz- und Querrollen plötzlich still liegengeblieben waren, in einem Moment im vorigen Spätsommer, und danach in mädchenhaftes Gelächter verfallen.

# V

Gegen acht Uhr abends, in den Minuten der unentschiedenen Beleuchtung, verlasse ich die Bar. Gleich wird Nette das Licht einschalten.
Inzwischen ist es Herbst, eigentlich keine Zeit der Entschlüsse. Ich trete im rechten Winkel in den Strom der Heimgeher. Ich weiß nicht wohin. Es stört mich nicht, es erleichtert mich. Es entspricht meinen Lebensumständen: ich bin eine unter Millionen, die auch nicht wissen wohin. Ursprünglich sind wir fürs Grenzenlose gemacht. Von Natur aus sollten wir uns im Grenzenlosen bewegen wie die Vögel in der Luft und uns fühlen wie die Fische im Wasser.
Die Fische. Ihr erstaunter Blick, ihr zögender Flossenschlag. Was zieht sie von da nach dort? Auch sie wissen nicht wohin! Mittlerweile glaube ich keinem, der das Gegenteil von sich behauptet. Er müßte es mir beweisen. Alle anderen lasse ich den nächsten Supermarkt nennen, die nächste Autobahnabfahrt, all die Vorhaben, die für eine Weile ruhigstellen.

Mühsam und bestimmt kommt mir eine Frau entgegen, auf der Mitte der Fußgängerstraße. Sie erwidert meinen Gruß wie den einer Angestellten.
Ich treffe ab und zu Menschen aus der Zeit, die neuerdings versiegelt und in die Geschichte ein-

geordnet ist. Alle haben sich in den letzten ein Dutzend Jahren verändert, meistens sichtlich und spürbar verjüngt. Auch wer eine komplizierte Lebensstrecke hinter sich hat und von Ausderbahngeworfensein berichtet, wirkt noch im Moment der Vergegenwärtigung straffer, reaktionsfreudiger als früher, wenn ich demjenigen auf sicherer Lebensbahn begegnete.
Ich vermeide es dann, Fragen zu stellen, die den anderen zu einem Urteil über sein Leben verleiten könnten. Fragen, die gern und rücksichtslos gestellt werden, etwa: Welcher Zeit der Vorzug gegeben wird.
Wenn ich Menschen jetzt nach Jahren unverhofft wiederbegegne, vermeide ich alles, was sie auffordert, sich zu erklären. Alle ihre Theorien, im nachhinein erdacht, ich kann sie nicht mehr hören. Ich möchte, daß wir unsere Lebenslage erfühlen. Der seltsame Widerspruch zwischen der jüngsten Lebensgeschichte und der äußeren Erscheinung vieler reicht mir, um ihnen zu vertrauen. Sie können nicht mehr verbergen, daß sie es aufgegeben haben, etwas Zusammenhängendes vorweisen zu wollen.

Nur die Konditormeisterin hat sich nicht verändert. Sie tut so, als erinnere sie sich meiner. Wahrscheinlich hält sie alle, die sie grüßen, für Kundschaft. Mich fesselt für einen Moment der Gedanke: wieder eine neue Methode, Ordnung in die

Vielfalt zu bringen! Einige wollen etwas von einem, und man selbst hat diesen das Gewollte zu geben. Die übrigen treten in eine Hintergrundmenge zurück. Für einen Briefmarkenhändler, eine fast ausgestorbene Gattung, ist diese Menge sehr groß. Seine Kundschaft ist klein, gibt aber seiner Umgebung ein festes Gerüst. Die Konditorin baut alle ein, die sich regelmäßig etwas versüßen mußten, alle Selbsttröster und Selbstbelohner. Es kommt nur eine verschwindende Anzahl von Individuen zusammen, die die Konditorin nicht in ihr Weltbild einpassen, deren Belange sie nicht erwägen, deren Platz innerhalb des Goldenen Schnitts der Gesamtmenschheit sie nicht ermitteln muß. Grüßend spaziert sie durch die Stadt, eingebettet in den Respekt der Welt, die aus ihrer Kundschaft besteht, die ihr nichts vergessen hat.
Gnädige Frau! spreche ich sie an.
Im selben Moment fühle ich mich schon besser.
Sie wünschen, entgegnet sie.

Sie ist stehengeblieben und betrachtet mich, als habe sie mir soeben eine Aufgabe gestellt. Ich sehe sie an wie eines von den kleinen Mädchen, von denen man nie weiß, was in ihren Köpfen vorgeht, wenn sie so lange mit der Antwort zögern. Sie lassen die Situation mit allen sich einstellenden Assoziationen in sich einsickern. Als betrachteten sie ein Rasenstück, auf das sie soeben eine Handvoll Brot-

krumen geworfen haben, und nun fliegen in unregelmäßigen Abständen mehr und mehr Spatzenvögel heran. Da niemand weiß, wann keine mehr kommen, können sie mit dem Warten und Schauen nicht aufhören. So schweigen sie und zeigen minutenlang nichts als Aufmerksamkeit, was dazu führt, daß ihre Augen sich vergrößern. Möglicherweise zählen sie.
Sie verhalten sich so, weil sie glauben, so ließe sich von einer Erscheinung zur nächsten fortfahren, so lange, bis sie einmal alles Sichtbare mit ihren herzuschwirrenden Einfällen und Erinnerungen durchflattert und verflochten haben. Erst dann sind sie bereit, Antwort zu geben.

Wie alle Erwachsenen will die Dame nicht so lange warten.
Gnädige Frau, beginne ich, denn eine gehobene Anrede verfremdet die Begegnung, so daß mehr gewagt werden kann.
Auf diesen Moment habe ich lange gewartet, fahre ich ruhig fort. Sie sind eine Dame aus dem vorigen Jahrhundert. Sie haben niemals geschwankt, bis zum heutigen Tag schwanken Sie nicht. Sie bestehen auf Symmetrie und sehen sich selbst in der Mitte. Das fällt auf. Alle anderen hier sind von starken Schwankungen befallen. Je jünger die Menschen sind, desto auffälliger die Schwankungen. Entgeht Ihnen das? Die ganze Gesellschaft ist von

diesem Phänomen erfaßt: den Schwankungen der Lust. Jeder einzelne pendelt für sich zwischen der Hochlust und deren totalem Verlust hin und her, die Erwachsenen ruhig und verloren wie das Riesenpendel in Sankt Peter und Paul, die Kinder gespannt und hektisch wie die Stehaufmännchen. Wenn wir Lust haben, können wir alles tun, zu jeder Zeit, an jedem Ort. Diese Vorstellung ist alles, was uns geblieben ist. Wer keine Lust hat, kann gar nichts tun, er versteckt sich für eine Weile, er weiß nicht wohin. Wer Lust hat, weiß auch nicht wohin. Wenn ich jemandem begegne, bemerke ich schnell, in welcher Schwankungsphase sich dieser Mensch gerade befindet, Euphorie oder Depression. Es hat keinerlei Bedeutung. Weder in dem einen noch in dem anderen Zustand ist er zu einer anständigen Sehnsucht fähig.

Die Konditormeisterin sieht mich streng an.

Und außerdem? fragt sie knapp wie einst.

Es gibt eine tschechische Kellnerin, die mein Nachthemd trägt. Sie heißt Libuse, und in Polen begegnete ich Jerzy, der mich Widerstand gelehrt hat. Ich liebte seine Blässe, seine Herablassung, seine Überlegenheit und Trauer. Am meisten liebte ich seine tief versteckte Hoffnung, so sehr wie er meine unbelehrbare Vorfreude gebraucht hat. Wir waren ein schönes Paar. Und Libuse hatte mein Nachthemd gefunden und genommen. Ich bedauerte damals den Verlust, habe mich aber im

Verlaufe der Jahre in die Vorstellung der blonden Libuse in meinem schwarzen Nachthemd verliebt. Das ganze Nachbarland gewann allein durch gelegentliches Erinnern Libuses Liebreiz.
Wär das alles? fragt die Konditorin.
Nein, er geht mir verloren! Auch die Vergangenheit fällt der Verwahrlosung anheim, wie Orte und Menschen. Immer fängt es auf die gleiche Weise an: mit den Altpapierstürmen. Die alten klebrigen Drucksachen hängen im Gegenwind an Armen und Beinen fest. Der Liebreiz verliert sich.
Das wärs?
Was soll aus mir werden, wenn mir Libuse verlorengeht, ich mir aber keine neuen Namen merke?
Wozu, fragt die Meisterin, auch ich weiß Ihren werten Namen nicht mehr, vielleicht habe ich ihn nie gewußt. Aber haben Sie einen Nachteil davon gehabt?
Sie, gnädige Frau, pflegen Geschäftsbeziehungen, ich pflege Liebesbeziehungen jeglicher Art zu allem, was mich umgibt. Auch ich schwankte nicht, ich zog alles in mein Netz, was mir begegnete. In meinem Netz hatte ich alles geborgen, was ich jemals begehrte, liebte, an mich zog und von mir stieß. Ich konnte sie immer körperlich spüren, rastlos wechselnde Muster im Netz meines Verlangens, meiner Lieben und Vorbehalte. Es wuchs nach außen, es wollte die ganze Welt erobern. Es hat sich aufgelöst!

Sie brauchen Zucker, Sie leiden an Unterzuckerung, unterbricht mich die Konditorin, das macht willenlos oder aggressiv.
Haben Sie nicht gehört, ich leide an Auflösung, ich habe in zwölf Jahren zehn Kilo Fett angesetzt durch exzessiven Tortengenuß, aber das ganze süße Fett hält mich nicht. Ich löse mich auf!
Die Konditorei Goldschmitter hat ein Jahrhundert versüßt, meine Dame, es war vermutlich eins der schrecklichsten, von oben betrachtet. Wir haben getröstet, beruhigt, ermutigt, ohne zu wissen was. Eine Konditorei spendet bedingungslose Liebe in ihrer kristallinen Form. Alles übrige ist Biochemie. Die Welt ist eine andere nach einem starken Kaffee, der Mensch ist ihr wieder gewachsen, er fühlt Macht, ändert seine Anschauungen, plant Eroberungen. Alles weitere ist bekannt, das ist die ganze Geschichte.
Aber gnädige Frau, flehe ich ihr nach, sind Sie da ganz sicher?
Ach darum gehts, ruft sie zurück, da helf Ihnen Gott, und läßt mich stehen.

Die Stadt ist auf einmal im sinkenden Licht von schieferblauen Wolkenfelswänden umstellt, von Zwei- und Dreitausendern, über deren Rändern soeben ein zartes orangefarbenes Alpenglühen erscheint.
Ich erinnere mich, während meine Erregung ab-

klingt, daß mir dieser Anblick einst ausgereicht hat, um glücklich zu sein.
Gedankenlos folge ich den Leuten bis zur nächsten Kreuzung, das Alpenglühen wird stärker und tiefer rot. Ich erinnere mich: ich war, als ich mich auf das Wünschen noch verstand, nicht auf die Wirklichkeit angewiesen.
Ohne Vorsatz und sonderliche Aufmerksamkeit gehe ich die Straßen der Altstadt entlang. Das läßt mich merkwürdig leer werden. So als hätte ich alle in meiner Nähe befindlichen Uhren bis auf weiteres angehalten.
Manchmal schloß die Wand die Stadt minutenlang fast vollkommen ein. Die Szenerie schien mal aus den Anden, mal aus Innsbruck entliehen. Der Einschluß, der sich langsam und von niemandem bemerkt aufbaute, hob die Stadt zuletzt von einem Augenblick zum andern aus der Realität. Alles Wegwollen hatte sich plötzlich erübrigt. Fremd, nur vom Widerschein der hinter dem Felskamm versunkenen Sonne beleuchtet, stand sie in den Wolkenmauern, Leute hielten mitten im Gehen an, als müßten sie jetzt eine Entscheidung treffen, dann gingen sie leicht und ohne Zweifel in einer anderen Richtung davon. Und in der zeitlosen Spanne, in der sie sich in einem ganz neuen Leben wähnten, sank das Felsmassiv in den klaren kaltgelben Hintergrund zurück.

Plötzlich sind auch die Vögel als geschlossener Verband wieder da: erst das Krähen und Krächzen aus der Ferne, dann der schwarzgepünktelte Vorhang, den jemand von Osten nach Westen über die Stadt zieht, ein Netz, es senkt sich Wellen bildend auf uns herab, ein schwarzes, aus runden warmen Körpern geknüpftes, schreiendes Netz. Eben wollen sich alle, die Nachhausegeher, die Taxis, die verspäteten gelben Postboten, ergeben, als es sich in eleganten Falten über Bäume und Dächer wirft. Was nun? Haben sie etwas vor? Sie kennen sich aus. Sie schauen geradeaus oder leicht schräg oder auch mit vollen Ausschlag des Blickwinkels seitwärts. Sie schauen, als sei alles entschieden. Auf den Dachfirsten sitzen sie aufgereiht wie schwarze Perlen an einer Schnur. Sie sind sich einer Sache sicher, von der ich nichts weiß.

Die Stadt, ganz selbstverständlich von den Tieren besetzt, nimmt davon kaum Notiz. Einmal standen sie in den Zeitungen, weil sie bei einem Frühjahrsanflug ein Osterlamm geraubt hatten. Vorher war durchgesickert, sie seien erstaunlich intelligent, nun gerieten sie in Verdacht, böse zu sein. Bisher hatte man von wilden Tieren, die menschliche Siedlungen überfielen, nur aus dem Fernsehen gewußt: von Wölfen in Norwegen, von Hyänen in Afrika, von Grizzlybären auf kalifornischen Autorastplätzen. Nun erreichte auch uns ein Schauer der Wildnis, nur als Zeichen, es stand in den Zeitungen. Es ließ sich noch darüber reden, es wurden Meinungen geäußert, einen Tag lang gingen Bemerkungen über Krähenschwärme von Mund zu Mund, bis Meinungen in mündlicher und schriftlicher Form die Tiere kurzerhand eingefangen und aus dem von Menschen besetzten Gebiet vertrieben hatten, so als wären sie niemals wirklich aufgetaucht, als sei ihr Erscheinen aber aus Meinungsbildern sattsam bekannt.

Jahre später segelten sie im Tausenderverband von Osten her ein, die Köpfe zurückgelehnt ins Nakkengefieder, wie auf dem Schulterpolster der ausgebreiteten Flügel ruhend, blickten sie gelassen und scharf in Flugrichtung, ohne die Erregung von Entdeckern, mit der Sicherheit von Heimkehrern, von schwarzen Wellen durchflutet, die sie selbst sind, unter schrillem, monotonem Geschrei, und Hubertus, der Postbote, stürzte zählend vom Rad, halb ließ er sich fallen.

# VI

Einst war ich stark, barfuß und frei: ein Vorschulkind.
Die Sonne stand tief, die Wiese sah kalt und frisch aus, die Beerensträucher an der Grenze zum nächsten Garten glänzten dunkel. Vor mir lag der Garten, der mir lange versprochen war.
Es wurde plötzlich dunkler. Ich schaute nach rechts in die Sonne, davor stand jetzt eine Gestalt, wenig entfernt, aber weit über mir. Es knallte, und eine zweite kleinere Gestalt richtete sich neben der ersten auf, beide nun von oben herab auf mich gerichtet.
Tonlos sagte die kleinere zur größeren: Los, verdreschen!

Die Mauer kam aus dem Haus heraus, in dem ich von diesem Tag an leben sollte, als sei sie ein Teil, eine Fortsetzung davon; sie endete am nächsten Gartenzaun. Sie verlief nicht gerade, sondern in zwei rechten Winkeln, jeder hatte eine Stufe, so daß die Mauer sich ansteigend vom Haus entfernte. Es war eine verfugte Klinkermauer, auf dem First von einem Blech bedeckt, das an einer Stelle schadhaft geworden war, ein handtellergroßer Flecken fehlte. Die Mauer begrenzte den Garten zur Straße hin, im ersten Winkel, den die Mauer bildete, wuchs ein Wildrosenstrauch.

Die kleine Figur war Tine, die größere ihr Bruder Rainer, den sie nur ihren großen Bruder nannte, womit sie jede Situation klärte. Es waren Ferien, und Tine, die auch noch nicht zur Schule ging, hatte den ganzen Tag ihren großen Bruder bei sich. Gemeinsam kontrollierten sie ihr Gebiet, durch das die Mauer als strategisch entscheidende Linie verlief. Es knallte wie ein Schuß, wenn der große Bruder mit einem Seitaufschwung auf der Mauer erschien und es ihm gelang, beide Füße gleichzeitig auf das Blech zu setzen. Dann zog er blitzschnell seine dicke kleine Schwester nach, die vor nichts Angst hatte.

Mein Herz tat einen Schlag, der mir die Glieder lähmte.

Ich war auf fremdes Gebiet geraten.

So wie sie sich dort oben bewegten, sicher, geschmeidig und besitzanzeigend, so wie sie sich herausfordernd zu mir hin aufbauten, konnte das nur heißen: Ich war in fremdes Gebiet eingedrungen. Offensichtlich in ihres.

Die Mauer wurde in den zwanziger Jahren gebaut, als Begrenzung der Hausgärten und als sachliche Zierde einer Bauhaussiedlung. Sie wurde von Beamten bezogen, die, wenn sie den Krieg überlebt und im östlichen Teil Deutschlands geblieben waren, dreißig Jahre später als ältere Herren vor meiner jungen Mutter mit weitem Schwung den Hut zogen. Wenn ich im Garten auf der Decke lag, erschien hin und wieder ein Arm mit einem Hut in der Hand über der Mauer.

Tine und ihr großer Bruder jagten im Garten herum. Wenn ein fremdes Kind ihr Gebiet betrat, ein Kind wie ich, dann erschienen sie von einem Moment zum anderen mit einem Knall als Formation voll aufgerüstet auf der Mauer.
Die Mauer mit ihrem handspannenbreiten Grat beherrschten sie wie die Kinder von Artisten, die das Gehen auf dem Boden und auf dem Seil gleichzeitig erlernen. Sie konnten auf der Mauer rennen, vorwärts und rückwärts marschieren, über Kreuz springen, hüpfen auf einem Bein, sie konnten sich im Lauf fallen lassen in den Reitersitz, bäuchlings abrollen, Tine konnte die Rolle vorwärts, ihr großer Bruder hechtete mit langem Anlauf hinauf, jenseits hinunter. Diese Kaskade war immer von einem klirrenden Lärm begleitet, einem Schlachtengerassel, dem nur eine der Mütter, schreiend aus dem Fenster gelehnt, ein Ende machen konnte.

Sie hatten mich nicht verdroschen, denn ich hatte nur einen kleinen Bruder, er beherrschte die Rükken- und die Bauchlage und war an den Kinderwagen gefesselt.
Ich spielte bald mit Tine im Garten, sie war kleiner als ich, fleischig und fest, ihre gewaltige Mutter füll-

te den Balkon aus, wenn sie uns an einem Bindfaden eine Limonadenflasche herunterließ. Wir bauten Zelte aus Decken, krochen hinein und lauschten, wie Erwachsene sich draußen unterhielten, weit weg, auf der Straße, jenseits der Mauer, auf der anderen Seite der Welt, wo sie auch hingehörten.

Die Mauer war immer da. Sie war gleichwertig mit dem Garten, der Straße, der Mutter, dem Vater, dem Bett, dem Essen. In Wahrheit aber war sie mehr, denn das alles hatten andere Kinder auch. Die Mauer war es, die uns von ihnen unterschied wie eine andere Herkunft. Wie Kinder, die vor dem Meer aufwachsen und die Welt für etwas anderes halten als Kinder, die inmitten des Hochgebirges aufwachsen, so wuchsen wir an der Mauer und auf der Mauer auf. Alles, was unser Leben war: der Garten, die Straße, das Bett, das Essen, wurde einmalig, unverwechselbar und merkwürdig durch sie. Schon drei Straßen weiter war es nicht leicht, uns zu verstehen. Wir sagten: Die Mauer. Wie: Die Mutter. Der Vater.

Nach drei Jahren beherrschte ich sie. Mit acht Jahren nahm ich von der Straße her Anlauf, sprang ab, ließ meine Hände laut klatschend auf das Blech schlagen und preßte mich mit Bauch und Brust darauf. Das sonnenheiße Schutzblech brannte an den Handflächen, durchwärmte die Kleider, ich blieb sekundenlang so liegen, mit Armen und Beinen rechts und links herunterhängend, die Mauer glühte durch meine Eingeweide, während die frischen weißen Hautabschürfungen sich röteten. Dann sprang ich hoch und trampelte vom Haus bis zum Zaun, die dreißig Meter mit den zwei Winkeln und Stufen, ich rannte zwei-, drei-, viermal hin und zurück, schlug, klatschte, hackte und trommelte mit den Füßen, schneller, lauter, wilder, Schläge, die im Garten, auf der Straße, in den Kellern, auf den Dachböden, in der ganzen Siedlung zu hören waren. Die Mütter rissen die Fenster auf, die Kinder an den Mittagstischen legten die Löffel aus der Hand und wußten: einer von uns dreien war oben. Denn nur wir konnten unsichtbar und unverwechselbar verkünden, daß es uns gab: denn unser war die Mauer.

# VII

Als ich heute aufwachte, wußte ich nicht sofort, wo ich mich befand. Es war noch dunkel. Als ich mich nicht rührte, tauchten immer mehr Erinnerungen an nächtliches Zwielicht in meinem hingleitenden Bewußtsein auf. Bald waren es so viele, daß ich vorübergehend glaubte, die letzten Jahre im Zustand dieses zähen Erwachens verbracht zu haben, immer kurz vor der Erhellung aller Umstände des Daseins.

Gott, wie weiter?

Als ich den Versuch machte, mich zu erheben, bemächtigte sich meiner die tiefe Verlorenheit des Erwachens vor Tagesanbruch.

Reglos wartete ich, bis es hell wurde. Zuerst fangen immer die Tiere an zu schreien. Der Schrank begann sich abzuzeichnen, der Spiegel schaute vor sich hin, der Stuhl war unter den Kleidern verschwunden, die Kleider hingen da mit der eingenähten Konfektionsgröße nach außen.

Was sich da breitmachte, war die von mir unbelebte Welt.

Eben erhielt ich einen Anruf.

Wie gehts heut morgen? fragt man mich, als hätten wir uns gestern abend erst gesehen.

Hast du Zeit? fragt eine männliche Stimme.

Ich fange gerade an, die herbeigeflatterten Erinne-

rungen zu besichtigen, die sich zögernd aus ihrem mehrjährigen Versteck lösen.
Ich weiß, wir haben uns lange nicht mehr gesprochen, und es gibt viel zu erzählen, sagt er durchs Telefon.
Ich unterbreche die Erinnerungsbesichtigung und überlege, was ich im Ernstfall über die letzten Jahre erzählen könnte, falls ich gefragt würde. Wie immer fällt mir nichts ein, was für einen Unbekannten von Bedeutung sein könnte. Wie immer bin ich gezwungen, mir mit einem zärtlichen Ruck den Partner vertraut zu machen, um erzählen zu können. Dieser kommt mir zuvor.
Ich bin vor kurzem einer Geschäftsgelegenheit begegnet, und ich denke, daß es auch dich interessieren wird, mehr darüber zu erfahren, sagt mein Gesprächspartner.
An der hohen, heiteren Stimme erkenne ich jetzt sein Gesicht. Es gehört in die Zeit der Neugier.
Wenn Zeit und Geld stimmen, wärest du dann interessiert an einem Geschäftskonzept?
Ich erinnere mich jetzt an sein junges Gesicht, als er uns die Zukunft vorausgesagt hatte.
Ich bin sicher, daß es dir gefallen wird, wärest du interessiert?
Was soll ich sagen? Die Sonne steht noch nicht hoch über dem Zoo, aber klar und leuchtend, mit einem Anflug von Kälte. Das gefällt mir. Eine Schärfe vom kommenden Oktober ist im Spiel, das

genieße ich jetzt wie eine winzige Verletzung, einen Riß auf der Haut an einem langen schwülwarmen Tag, der kein Ende nehmen will.
Ich bin interessiert.

Er hat es mir überlassen, wo unser Treffen stattfinden soll, er hat auf einem Ort meiner Wahl bestanden mit der Begründung, ich sei es, die sich dabei so komfortabel wie möglich fühlen müsse. Ich dachte an einen gewagten Eingriff und versprach zurückzurufen.
Inzwischen frühstücke ich. Ich kann die hundertjährige Pappelallee sehen, die auf das Elefantenhaus zuführt. Zwischen den Pappeln ist der Ausleger eines Krans aufgetaucht, er ragt mit einem flachen Knick im Gelenk senkrecht auf und endet über den Spitzen der Bäume in einem kleinen roten Korb, in dem zwei Männer zu erkennen sind. An ihren ruhigen, weiten Armbewegungen glaube ich ihr Gespräch erraten zu können. Offensichtlich begutachten sie den Zustand der Welt und das mit Sorgfalt, auf die Geste des einen folgt immer erst nach einer Pause die des anderen. Einer beschreibt dem anderen, was er sieht, dann hält er still und versucht das Bild des anderen zu sehen.
Ich habe das Frühstücken unterbrochen. Der Anblick der beiden Männer in dem roten Korb über den Baumwipfeln versetzt mich in eine Art Wachtraum, eine glückliche Benommenheit. Ich fühle

mich erkannt inmitten der exotischen Tiere, gleichwertig mit ihnen, gleich unbegreiflich und merkwürdig. Minutenlang genieße ich unsere respektvolle Betrachtung durch die beiden Fremden, sie weckt in mir einen Entfaltungswunsch. Das habe ich lange nicht mehr gespürt.

Eine Stunde später rufe ich die Rückrufnummer an. Während ich wähle, erwäge ich schnell die Möglichkeiten eines Orts für unser Treffen. Ein Treffen im Café wäre von so etwas wie gemeinsamer Vergangenheit bestimmt. Das kommt mir übertrieben vor. Ich erinnere mich kaum, wenn auch allmählich besser an diesen Mann. Träfen wir uns an einem Ort, den wir beide nicht kennen, wären wir ohne Rückhalt einander ausgeliefert, Anziehungskraft oder Abneigung würden sich haltlos entfalten. Ein nur mir vertrauter Ort allerdings setzte den anderen zu demonstrativ in Nachteil.

Ich rufe zurück und bitte um einen Treffpunkt in der Stadt, den er kennt, nicht aber ich.

Er stutzt, scheint es aber dann als Höflichkeit zu verstehen. Dabei weiche ich nur seiner Einladung aus, mich komfortabel zu fühlen. Sie ist mir plötzlich verdächtig geworden. Ich bin es nicht mehr gewöhnt. Ich fühle mich längst im Unkomfortablen vertraut, wenn damit das Unvorhersehbare gemeint ist.

Okay, sagt er, dann käme nur sein Hotelzimmer in Frage.

Wie zum Abschied begehe ich noch einmal meine Wohnung. Ich erkenne Zeichen von Vernachlässigung, nichts Auffälliges zwar, weder sonderliche Unordnung noch Unsauberkeit. Aber etwas Verschattetes, Fahles, eine spürbare Verlassenheit. Als sei ihre Bewohnerin lange unterwegs gewesen. Tatsächlich wundere ich mich selbst über meine lange Abwesenheit.
Wo war ich in den letzten Jahren zu Hause?
Ich finde keine Antwort.
Wenn ich schon so lange ohne Zuhause leben konnte, weshalb sollte ich es nicht auch weiterhin können? Es scheint, als ob die Spuren davon nicht an mir haften, sondern an der Wohnung, am Schrank, an den Stühlen, am Bett, an die ich meine Verlassenheit abgegeben habe. Ihr fahles Aussehen ist nichts anderes als Ausdruck ihrer langen Verlassenheit, die kürzlich noch meine war. Ihnen verdanke ich, daß sie mir nicht mehr anzusehen ist.

Auf dem Weg zum Hotel passiert etwas Merkwürdiges. Obwohl nicht viel Begängnis herrscht, folge ich etwa zehn Minuten lang einem Mann in geschäftsmäßiger Kleidung, ohne daß mir das auffällt. Gedankenlos gehe ich in seinem Sog, meine Schritte erzeugen Geräusche, seine nicht. Ich bemerke auch nichts, als er nervös zur Seite zu schauen beginnt, den Winkel jedesmal weiter nach

hinten weitet. Wir gehen beide schnell, bis er einen Versuch macht, sich überholen zu lassen, aber auch das bemerke ich nicht und verlangsame in seinem Takt meinen Schritt. Ich weiß nicht, womit ich in Gedanken beschäftigt war, annähernd mit nichts, eher folgte ich wie ein Hund meiner Nase, als der Mann vor mir zu laufen anfängt, ich ebenso, und plötzlich abrupt haltmacht und sich umdreht. Wir stehen uns durch meinen Schwung sehr nahe gegenüber, und ich kann seine auf den letzten Metern angesammelte Spannung gerade noch erkennen, ehe sie einem ungläubigen Ausdruck weicht.
Sie?
Sprachlos stehe ich da.
Ich verstehe, sagt er.
Ich verstehe nichts.
Er zieht ein Papier aus der Innentasche seines Jacketts.
Haben Sie ihn nicht vermißt? fragt er.
Ich schaue auf den Brief.
Ich habe immer wieder an Sie denken müssen.
Warum denn? frage ich abwesend.
Warum, wiederholt er, ich war mir nicht sicher, ob Sie ihn nur –
Was?
– verloren hatten.
Verloren, wiederhole ich.
Erinnern Sie sich?
Nein.

Es war im Sommer. Sie interessierten sich ganz kurz für mich beim Frühstück.
Ich hatte ihn nicht verloren, höre ich mich sagen.
Heißt das, Sie haben ihn mir –
Anvertraut, erkläre ich.
Anvertraut, wiederholt er, aber Sie kannten mich doch gar nicht.
Nein, Sie waren der Nächstbeste.
Aber wieso vertrauen Sie denn dem Nächstbesten?
Alles andere ergibt doch keinen Sinn.
Er sieht mich verständnislos an.
Entweder dem Nächstbesten oder keinem.
Ja, in ausweglosen Lebenslagen vielleicht, wendet er ein.
Da sehen Sie! antworte ich, um ihn ein bißchen zu beschämen.
Und jetzt, sagt er nach einer Pause, gebe ich Ihnen das Anvertraute zurück.
Wenn Sie wollen.
Nun bin ich schon so daran gewöhnt, es bei mir zu tragen und ja nicht zu verlieren.
Hatten Sie Angst?
Nie.
Da sehen Sie! sage ich.
Wieso?
Es steht alles drin. Er war Pilot; als wir absackten, hat er meine Hand genommen. Als wir weiter absackten, hat er einfach weiter meine Hand gehalten.

Mit der anderen hat er alles auf eine Bordserviette gezeichnet. Gleichzeitig. Das kann nur der Mensch. Tiere können das nicht. Verstehen Sie? Ich habe sie lange beobachtet. Im Notfall kennen sie Kampf, Flucht, Unterwerfung. Der Mensch kennt Aufzeichnung.
Was hat er denn aufgezeichnet?
Den Himmelsgolfstrom.
Hier? fragt er und hebt zweifelnd den Umschlag, den er immer noch in der Hand hält.
Ja, sage ich.
Wir sehen jetzt beide auf den Brief.
Heute abend? fragt er mich und lacht jetzt, mir scheint, über uns beide.

Als ich verspätet im Hotel ankomme, treffe ich im Foyer auf eine lose Ansammlung von Menschen. Vielleicht geben Hotels ihre Klasse nicht nur an ihre Gäste weiter, sondern an alle Personen, die dort ein- und ausgehen. Die Gesellschaft scheint hochgestimmt ohne erkennbare Einwirkung von außen, von nahezu festlicher Erwartung erfüllt, in die Hotels der gehobenen Kategorie den Menschen versetzen. Auch ich vergesse sowohl die jüngste Begegnung als auch den Grund meines Hierseins und stehe eine Weile einfältig erwartungsvoll herum.
Es erscheint jemand aus Richtung der Aufzüge und spricht die Wartenden tatsächlich als Gesellschaft an, mich eingeschlossen.

Ich wehre mich nicht. Es ist schon genug geschehen an diesem Tag, ich habe das Bedürfnis, mich dem Fortgang zu überlassen.
Ich möchte am liebsten in dieser kleinen, erwartungsfrohen Menschenansammlung aufgehoben sein, mehr möchte ich nicht. Es reicht mir. Ich will gar nicht wissen, worauf man hier gerade wieder wartet. Ich ahne, sie wissen es auch nicht, das macht unser spontanes kostbares gemeinsames Glück aus. Ein kurzer Blick in die Runde sagt mir: Wir wissen das zu schätzen. Wir sind alle alt genug, um die Sache schon einmal zu Ende gedacht zu haben. Es gibt nichts zu warten. Aber wir können Lebende Bilder stellen. Kleine erwartungsfrohe Gesellschaften, aus denen keiner verstoßen wird.
Von diesem Wunsch überwältigt, mühe ich mich um Unauffälligkeit. Nur jetzt nicht, in diesem Augenblick kindlicher Anwandlung, entdeckt und ausgestoßen werden! Mich ergreift solche Angst davor, daß ich aufhöre zu atmen.
Ich werde laut angesprochen.
Hallo, heißt es.
Ich bin in der Falle.
Jetzt sind wir vollzählig! ruft man strahlend.
An seinem grauen Anzug erkenne ich ein Schild mit Titel, es ist der Regionalvizepräsident. Darunter sein Vorname: Mark.
Hallo, sage ich.

Man hatte uns in einen der Hotelkonferenzräume geführt, Vorhänge und Türen geschlossen, vor uns an der Wand erschien in Lichtschrift: Träume verwirklichen. Der Kopf des Regionalvizepräsidenten rückte in das erhellte Feld, er erinnerte mich an niemanden.
Er fragte uns, ob wir, ohne etwas zu tun, jedesmal Geld verdienen wollen, sobald eine Person mit einer anderen in Kontakt kommt.
Wir antworteten nicht. Daß wir ins Halbdunkel versetzt worden waren, schien nicht nur Absicht, es war offenbar Rücksicht. Man gab uns Gelegenheit, diesen Eröffnungsschlag zu verarbeiten.
Sie sind sprachlos, stellte der Vizepräsident fest.
Die Spannung im Raum war spürbar, wach und positiv.
Wer seine Verblüffung überwunden hatte, machte kurz den Versuch, sich etwas vorzustellen, gab aber gleich auf. Als könnte man sich durch Gedanken öffentlich lächerlich machen.
Regelmäßige Arbeit und absehbare Karrieren wird es nicht mehr geben. Die Industriegesellschaft ist Vergangenheit, erklärte der Redner.
Er wollte uns mit diesem Allgemeinplatz womöglich ein Durchatmen gewähren, wir konnten uns ordnen.
Auch die Computergesellschaft ist Vergangenheit, behauptete er jedoch gleich darauf.
Wir betrachteten uns unauffällig von der Seite.

Nach dem letzten Satz saß unter uns vielleicht kein einziger Mensch mit Zukunft. Der Redner hatte das mit einem Dreischritt geschafft.
Die Welt von morgen besteht aus Netzwerken, fuhr er fort und überzog Wand und Publikum mit einem Lichtnetz. Er brachte uns noch näher. Über der Stirn meines Nachbarn lag ein Lichtstrich, der schräg über meine Schultern fortlief.
Alle Objekte, erklärte der Vizepräsident, Tische, Stühle, Schränke, Kleider und wir selbst, werden durch Chips miteinander vernetzt sein. Das Netz entwickelt sich rasant, unvorhersehbar, unsteuerbar. Prognosen sind unmöglich. Nur eins ist sicher: das Netz wird immer dichter. Es wird überall sein. Das Netz ist grenzenlos. Jeder ist mit jedem, alles mit allem verbunden durch ein Tröpfchen Silikon. Verweigerung ist nicht romantisch, sie ist sinnlos. Es wird keine Abstinenz geben. Nicht teilzunehmen kommt einer Selbstvernichtung gleich.
Wir saßen, eine kleine geschlossene Gesellschaft, geduckt unter dem Lichtgitter des Projektors.
Das Netz, rief der Vizepräsident, ist der grenzenlose Markt! Und Reichtum gibt es nur für den, der zuerst da ist.
Meine Umgebung formierte sich zu einem großen Leuchtmuster und schmolz dann wie unter einem hochauflösenden Verfahren zu einer silbergrauen Fläche zusammen.
Die furiose Beherrschung des grenzenlosen Netzes

ist Ihre Freiheit! Seien Sie Artisten im Netz, Tänzer, Akrobaten, fliegen, gleiten, schwimmen Sie, gestalten Sie Ihr Netzwerk und vermarkten Sie es. Seien Sie Meister im Grenzenlosen!
Ich saß da, die Fläche vor meinen Augen war vollkommen leer. Dann erschien mit einem Knall Tine auf der Mauer, dann ihr großer Bruder, dann ich.
Was müssen wir tun? fragte ich laut.
Zählen Sie, sagte der Vizepräsident, zählen Sie alle Menschen zusammen, die Sie kennen, überzeugen Sie sie vom Netzwerk unserer Informationsdienstleistungen, binden Sie sie an uns. Und dann kriegen Sie jeden einzelnen von diesen Leuten dazu, mit allen Leuten, die er kennt, ebenso zu verfahren. Von denen wiederum jeder einzelne mit allen Leuten, die er kennt, ebenso verfährt. Und an allen sind Sie prozentual beteiligt, lebenslang. Das ist das Netz.
Ich zähle ungern, wandte ich ein, die Zahl bedeutet nichts. Ich müßte meine Freunde zu Nummern machen, anstatt an ihren seltsamen Leben teilzunehmen.
Aufgepaßt, rief der Mann, einmal, ein einziges Mal nur zählen und handeln ohne Bedenken! Und danach nie mehr rechnen müssen im Leben, dann nur noch denken, träumen, abwägen, berücksichtigen, mitfühlen, anverwandeln, der ganze Luxus des Herzens! Das suchen Sie? Sie können es haben.
Ich sah ihn an.

Ich hörte uns trampeln, klatschen, schlagen, hakken und trommeln auf der Mauer, ich fühlte es summen in meinen Fußsohlen, ich ahnte es: wenn wir nur wollen, sind wir wieder oben.

# VIII

Ich komme immer verstört hier an.
Taumelnd trete ich unter den Torbogen des Zoologischen Gartens, über dem das imposante Löwenhaupt prangt. Die Tiere rufen und schreien. Ich möchte ihnen antworten, ohne daß ich mich meiner Sprache bediene. Ich könnte ihnen heimlich Futter in ihre Käfige werfen, um ihnen für ihr Dasein zu danken, das mich immer wieder vor der endgültigen Verständnislosigkeit meiner angestammten Welt gegenüber bewahrt. Doch Fremdfütterung schadet ihnen.
Nur ich will kurz vor Toresschluß noch hinein, alle anderen sind auf dem Heimweg. Ich bahne mir eine Gasse durch die Menge der Heimgeher, die alle von den Tieren heute gesehen worden sind. Man merkt es ihnen an, sie machen einen recht aufgeräumten Eindruck. Es scheint sie überhaupt nicht zu stören, daß sich eine einzelne Person mutwillig gegen ihren Feierabendstrom schiebt, trödelnde Kinder treiben mich gedankenverloren mit ihren Weidenruten an. Eines macht halt, verfolgt mich ein paar Meter, bleibt in einiger Entfernung stehen, als ich mich umdrehe. Es ist noch sehr klein, und ich bin ihm vollkommen fremd. Ich bewege mich nicht, lange schaut es mich mit diesem anspielungsfreien Blick eines Dreijährigen an. Als es gerufen wird, vollführen seine Beine automatisch ein paar Trippel-

schritte auf der Stelle, während seine Augen, sein Mund, das ganze rosige Gesicht des kleinen Tierchens sich im Schauen zu weiten und gleichsam in die Umgebung aufzulösen scheinen. Plötzlich springt es wie ein Zicklein davon.
Ich gehe an den Flamingos vorbei, die nah beieinander stehen, als besprächen sie leise etwas. Laut wird ihnen von weiter hinten geantwortet, grunzend, klappernd, beiläufig. Wahrscheinlich reden sie alle miteinander über die Kindheit ihrer freien Vorfahren in wärmeren Erdteilen, sie werden sich Mythen und Märchen erzählen, den ganzen reichen Sagenschatz der Tiere im Zoo. Dabei dunsten sie aus ihren Dickhäuten, Panzern, Schuppen und Gefiedern wilde, beißende, abschreckende und verführende Gerüche der Freiheit aus, nach Urin und Genitalschleim, nach legendären Kämpfen und großen auszehrenden Wanderungen voller wirrer Träume.

Erkennen Sie mich? fragt eine Stimme nah bei mir.
Am Geruch, erwidere ich.
Er antwortet nicht, ich drehe mich zu ihm. Hinter ihm versinkt die Sonne am Zaun der Savanne.
Stört es Sie?
Im Gegenteil.
Auch nicht, daß ich Sie so anschaue?
Wie denn?

So schamlos.
Machen Sie nur! sagt er.
Nicht jeder Mensch läßt sich so unverschämt anschauen von einem anderen.
Ich schon.
Aber warum denn?
Ich verstehe es.
Das ist selten bei Männern, sie werden schnell unsicher und schlagen los.
Keine Angst!
Ach ja, seufze ich.
Schauen Sie ruhig weiter.
Sie werden mir immer fremder, sage ich verlegen.
So?
Es ist aber angenehm. Wir könnten es eine Weile so lassen. Wenn es Ihnen nichts ausmacht.
Gut, lassen wir es so.
Das ist selten bei Männern. Sehr angenehm.
Danke.
Ich denke nichts über Sie, versichere ich ihm plötzlich.
Was sollten Sie auch über mich denken, Sie haben mich nur ein einziges Mal beim Zeitunglesen beobachtet.
Alles, was sich in Jahren so ansammelt, Ansichten, Meinungen, Weltbilder, das ganze Gerümpel.
Ich habe noch nichts über Sie gedacht, sagt er.
Aber ich hab doch mal eine Menge dahergeredet Ihnen gegenüber? wende ich vorsichtig ein.

Ich erinnere mich. Aber gedacht habe ich nichts über Sie.
Das verstehe ich nicht.
Ich habe Sie mir vorgestellt.
Und dann?
Wenn Sie sich jemanden lebendig vorstellen, ist es unmöglich, gleichzeitig etwas über diese Person zu denken.
Berühren Sie mich mal?
Gern.
Das war schön.
Ja.
Denken Sie gerade was?
Daß man sich als Kind immer im Freien verabredet hat, immer draußen.
Das hat Sie wohl sehr überrascht?
Ja, ich fühlte mich erinnert, drin verabreden hieß Krankheit oder Strafe. Alles andere war draußen. Nur im Freien kennen Kinder keine Feinde.
Jetzt wird es dunkel, sage ich.
Haben Sie das bedacht?
Ja.
Sie wollten sich mit einem fremden Mann im Freien bei Nacht treffen?
Ja.
Wollen wir uns verlaufen? Ich kenne mich hier nicht aus. Ich kann Sie nicht retten.
Ich weiß.
Geht das?

Ich bin unrettbar.
Wer nicht, seufzt er.
Haben Sie gehört?
Was?
Sie müssen ganz still sein.
Ja.
Bewegen Sie sich nicht!
Ich hole ja nur Luft.
Atmen Sie nicht! Jetzt geben Sie mir den Brief!
Was haben Sie vor?
Geben Sie mir den Brief. Er gehört mir.
Was tun Sie?
Keine Angst!
Sie haben ihn in die Löwenanlage geworfen!
Hören Sie: wie er aufschlägt!
Es hat gefaucht. Sie schlafen doch aber längst?
Nein, nachts sind sie hellwach, das ganze Rudel.
Das sagen Sie jetzt erst.
Sie jagen nachts.